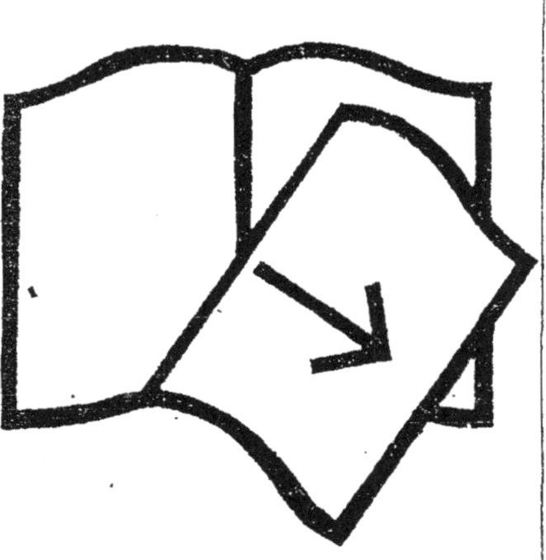

Couverture inférieure manquante

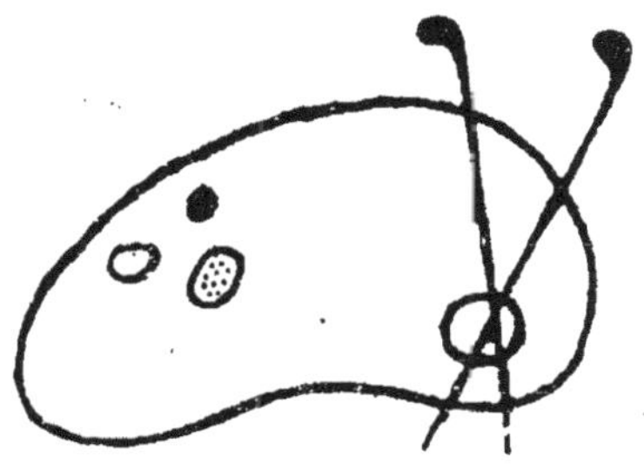

Début d'une série de documents
en couleur

NOTES

SUR

L' « EUPHORMION »

DE JEAN BARCLAY

PAR

ALBERT COLLIGNON

PROFESSEUR A LA FACULTÉ DES LETTRES DE L'UNIVERSITÉ DE NANCY

Extrait des « Annales de l'Est »

NANCY

IMPRIMERIE BERGER-LEVRAULT ET Cie

18, RUE DES GLACIS, 18

1901

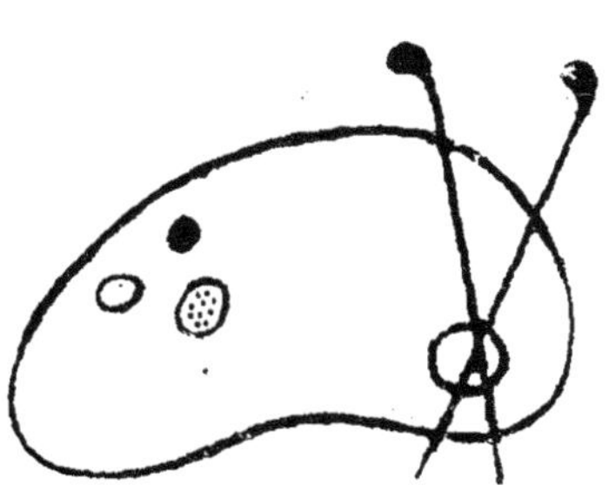

Fin d'une série de documents
en couleur

NOTES

SUR

L' « EUPHORMION »

DE JEAN BARCLAY

IOHANNES BARCLAIUS.
Philologus et Cubicul: Reg: Ang:

NOTES

SUR

L' « EUPHORMION »

DE JEAN BARCLAY

PAR

ALBERT COLLIGNON

PROFESSEUR A LA FACULTÉ DES LETTRES DE L'UNIVERSITÉ DE NANCY

Extrait des « Annales de l'Est »

NANCY

IMPRIMERIE BERGER-LEVRAULT ET Cⁱᵉ

18, RUE DES GLACIS, 18

1901

NOTES

SUR

L' « EUPHORMION »

DE JEAN BARCLAY

I. — L'EXPLICATION DU P. ABRAM. — L'AUTOBIOGRAPHIE
DE BARCLAY.

Des deux romans latins de Jean Barclay[1], l'*Euphormion*[2]
est celui qui a été le moins étudié. On s'explique aisément la
préférence que la critique a témoignée pour l'*Argenis*[3], œuvre
d'une portée plus haute, qui appartient à la maturité de l'auteur. La vogue très grande dont elle jouit au xviiᵉ siècle, les
nombreuses allusions qu'elle contient aux plus importants événements de l'époque, l'influence qu'elle exerça dans notre pays
et en Italie sur le genre romanesque[4], le réel mérite du style,

1. Fils du jurisconsulte écossais Guillaume Barclay et d'une lorraine, Anne de Malavillers; né à Pont-à-Mousson en 1582, mort à Rome en 1621.

2. Barclay avait 21 ans quand il publia à Londres la première partie de l'*Euphormion* (1603). La 2ᵉ édition parut en 1605 à Paris chez François Huby, qui imprima
également, en 1607, la deuxième partie de l'*Euphormion*, et en 1610 l'*Apologia Euphormionis pro se* (3ᵉ partie). Enfin l'*Icon Animorum*, que l'on a réuni à l'*Euphormion*
comme une quatrième partie, fut imprimé pour la première fois à Londres chez
John Bil en 1614. On sait que la cinquième partie : *Alitophili veritatis lacrimæ sive
Euphormionis Lusinini continuatio* est l'œuvre du Dijonnais Claude Barthélemy Morisot (1625).

3. Édition *princeps*, Paris, 1621.

4. Voir Albertazzi, *Romanzieri e romanzi del cinquecento e del seicento*. Bologne,
Zanichelli, 1891.

tout cela a contribué à appeler sur l'*Argenis* l'attention des
lettrés. En France[1], deux thèses de doctorat lui ont été consacrées assez récemment, et en 1891, M. Waltz a publié une
traduction allemande de ce roman, précédée d'une introduc-
tion[2].

Sur l'*Euphormion*, le seul travail qui, à ma connaissance,
ait paru en ce siècle est celui de M. Jules Dukas[3]. Des plus
complets pour tout ce qui concerne la bibliographie de l'*Euphormion*, il traite d'une manière parfois un peu sommaire les
autres questions que ce roman soulève. Je voudrais, dans ces
notes, essayer de reprendre quelques-unes de ces questions. La
première est celle des clefs qui ont été proposées pour la partie
du *Satyricon* relative à la biographie de Guillaume et surtout
de Jean Barclay.

L'*Euphormion*, comme il arrive d'ordinaire pour les romans
satiriques, sollicita vivement la curiosité des contemporains.
On s'ingénia à découvrir les personnages déguisés sous des noms
de fantaisie et la malignité plus ou moins perspicace des fai-
seurs de clefs n'aida pas peu au succès de l'ouvrage. C'est en vain
que, dans son apologie, Barclay s'est défendu un peu tardive-
ment, il est vrai, d'avoir voulu, sauf de rares et transparentes
exceptions, viser des individus déterminés. Ce système de justification qu'adoptera plus tard La Bruyère, réussit rarement
à désarmer des lecteurs prévenus et enclins à la médisance. On
a donc continué à chercher dans l'*Euphormion*, outre l'histoire
de Jean Barclay lui-même et de son père combinée avec des
aventures de pure imagination, les portraits satiriques de divers souverains, princes, prélats ou seigneurs de moindre importance. M. Dukas a discuté brièvement les principales con-

1. Léon Boucher. *De Joannis Barclaii Argenide*. Paris, Sandoz et Fischbacher, 1874.
— Albert Dupond. *L'Argénis de Barclay*. Paris, Thorin, 1875.

2. *Argenis. Politischer Roman von Anfang des XVII Jahrhunderts*. Aus dem Lateinis-
chen des Johann Barclay übersetzt von Dr Gustav Waltz in Heidelberg. München. Ver-
lag von Fr. Bassermann, 1891, in-8°, xv-684 p.

3. *Étude bibliographique et littéraire sur le Satyricon de Jean Barclay*. Paris,
Techener, 1880.

jectures émises au sujet des noms de personnes, de villes ou de pays que contient ce roman. Il s'est servi des clefs qui eurent cours au xviie siècle et dont la plus complète est celle que reproduisent la plupart des éditions, notamment celle des Elzevier (Leyde, 1637, etc.) et de Hack (Leyde, 1674). M. Drujon, dans son ouvrage intitulé : *Les livres à clef* (E. Rouveyre, 1888) s'est contenté de la copier, mais en estropiant cependant un certain nombre de noms. On comprend combien, à la distance où nous sommes des événements, nous est devenu difficile ce départ, que les contemporains eux-mêmes n'ont pas réussi à faire, entre ceux des personnages ou des épisodes de l'*Euphormion* qui répondent à des réalités historiques et ceux qui ne sont que pure fiction.

Toutefois je m'étonne qu'on ait jusqu'ici tenu trop peu de compte d'une source d'informations qui n'est pas sans valeur. S'il est un adversaire catégoriquement mis en cause par Barclay dans son *Satyricon*, c'est bien la compagnie de Jésus, contre laquelle il sert avec ardeur le ressentiment paternel, en même temps qu'il satisfait ses rancunes de transfuge du noviciat éclairé à temps sur les dangers d'une vocation suggérée et factice. Acignius (anagramme d'Ignacius) compte ici parmi les protagonistes de l'action ; ses doctrines, son enseignement sont l'objet de discussions fréquentes. On le voit apparaître là où on l'attend le moins ; car il est partout[1] ; partout il exerce son pouvoir mystérieux. Onctueux et insinuant, il déploie, mais en vain, tout son art, toutes les séductions de sa parole pour décider Euphormion à entrer dans le sein de la société. Ces attaques contre les jésuites, Barclay, en son apologie, ne pouvait songer à les nier ; il avoue avoir critiqué avec vivacité leur système d'éducation, leurs goûts littéraires, leurs productions et avoir aussi fait le procès à leur orgueilleux esprit de domination. Cependant il essaie après coup de retirer à cette satire quelque chose de son âpreté : à l'en croire,

---

1. *Monstro... maximo didici; ubique Acignium esse. Euph.*, pars. II, p. 252 (édition de Leyde, Hack, 1674). C'est toujours à cette édition que nous renverrons.

il n'aurait rien dit qui dût si fort irriter ses anciens maîtres;
car il ne les a ni calomniés, ni chargés des crimes dont d'autres les accusent et s'est borné le plus souvent à railler inno-
cemment la prétention qu'ils affichent de tout régenter dans
le domaine des lettres. Quoi qu'il faille penser de ces explications ou plutôt de cette sorte de rétractation un peu embar-
rassée, il est constant que la compagnie de Jésus ne demeura
pas indifférente à la satire de l'élève qu'elle avait formé. Elle
s'émut et alla même jusqu'à faire mettre le livre à l'index par
la cour de Rome[1]. Il est naturel de penser que l'*Euphormion*,
à son apparition, fut lu avec une attention toute particulière
par les Pères Jésuites de Pont-à-Mousson qui se sentaient
plus directement visés, comme ayant été les adversaires de
Guillaume Barclay et les précepteurs de son fils. Les *Acigniens*
qui professaient dans l'Université lorraine durent s'appliquer
à découvrir les noms véritables des personnages de ce roman
satirique et il est permis de supposer qu'ils eurent sur l'interprétation de certains épisodes des lumières qui manquèrent à
d'autres. Il y eut donc une clef de l'*Euphormion* accréditée à
l'Université de Pont-à-Mousson et dont la tradition ne s'était
pas perdue à l'époque où le P. Nicolas Abram[2] écrivait l'histoire de cette université, c'est-à-dire une cinquantaine d'années après la publication de l'ouvrage de Barclay. Les pages
où le P. Abram analyse et explique en partie l'*Euphormion*
sont restées inédites. Seul Ragot (Murigothus)[3] les a traduites

---

1. On sait que néanmoins, de 1616 à 1621, année de sa mort, J. Barclay vécut à
Rome *pensionné par le pape Paul V, puis par Grégoire XV, et réconcilié avec la compagnie de Jésus.*

2. Nicolas Abram, né en 1589 à Xaronval, petit village des environs de Charmes, entra dans la compagnie de Jésus en 1606, fut envoyé à Pont-à-Mousson pour y faire
ses étu.es et y enseigna pendant de nombreuses années. Il dut aussi prof.sser à
Paris. Il mourut en 1657.

On a perdu l'original de son ouvrage : *Historia Universitatis et Collegii Mussipon-
tani quam conscripsit P. Abram S. J. ab institutione ad annum 1650.* Deux copies en
ont été conservées; l'une est à la bibliothèque municipale de Nancy, l'autre à la bibliothèque d'Épinal. Cette dernière, faite sur l'ordre de Dom Calmet, appartenait à
l'abbaye de Senones.

3. Ragot, prévôt de Pont-à-Mousson vers le milieu du xviii° siècle. Voir l'article de

ou, pour mieux diré, paraphrasées, en les émaillant ᴊ nombreux contre-sens. Le P Carayon, dans ses e. ᴊaits du
P. Abram[1], a résumé en quatre lignes (p. 395) les neuf pages
que celui-ci a consacrées à l'*Euphormion*[2]. Dom Calmet a utilisé pour l'article de sa *Bibliothèque lorraine* relatif à Barclay
les explications du P. Abram, mais en les abrégeant beaucoup et sans y introduire la moindre critique[3]. Je crois donc
devoir donner de ces pages une traduction complète et aussi
exacte que possible.

L'analyse de l'*Euphormion* que l'on trouve chez le P. Abram
laisse de côté une portion considérable de ce roman satirique
et ne contient guère que ce qui a trait aux rapports de Guillaume et de Jean Barclay avec ᴊ Université de Pont-à-Mousson et avec la compagnie de Jésus. Cela seul en effet rentrait
dans le dessein de l'auteur. Mais c'est précisément là-dessus
qu'il pouvait être bien informé et c'est ce qui donne de l'intérêt au morceau. Je vais le traduire tout d'une traite, me
réservant de le faire suivre d'un commentaire.

P. Abram : *Histoire de l'université et du collège de Pont-à-
Mousson depuis sa fondation jusqu'en 1650.* Manuscrit de la
bibliothèque municipale de Nancy, numéro 41, pages 194 *verso*
à 202.

Année 1602. « Le fils de Guillaume, Jean Barclay, était
un jeune homme remarquable par son heureux naturel, ses
mœurs, son talent, son éloquence, son extérieur avantageux.
Il naquit à Pont-à-Mousson en 1582 d'une mère lorraine, et il
fait entendre dans l'*Euphormion* qu'il ne répudie nullement

M. l'abbé E. Martin : *Le P. Abram, historien de l'université de Pont-à-Mousson, et ses deux traducteurs : Ragot et le P. Carayon. (Mémoires de la Société d'archéologie lorraine,* 1887), p. 228, *sq.*

1. *L'Université de Pont-à-Mousson,* histoire extraite des manuscrits du P. Nicolas Abram de la compagnie de Jésus, publiée par le P. A. Carayon de la même compagnie. Paris, Lécureux, 1870.

2. Dans le manuscrit conservé à la bibliothèque municipale de Nancy.

3. On sait que Dom Calmet aurait voulu imprimer le manuscrit du P. Abram dans sa grande collection lorraine, mais que les jésuites ne le lui permirent pas. Voir Carayon, *op. cit. Introd.,* p. xxxv.

cette origine. Il dit en effet dans son *Satyricon* que son père Guillaume, qu'il appelle d'une manière énigmatique tantôt Thémistius, tantôt Euphormion, « tandis qu'il errait en des « pays étrangers, vint à tomber amoureux, et cette passion, « comme s'il eût subi les charmes de Calypso ou de Circé, le « condamna à un exil éternel. Car, après qu'il eut épousé cette « femme qui l'avait séduit par la distinction de son caractère « et par sa beauté, il ne put jamais la décider à suivre son « mari dans sa patrie si fortunée, ni se résoudre à abandonner « la plus chère partie de lui-même pour aller jouir seul de « tant de biens[1]. »

« Alors que Jean Barclay était élève de rhétorique sous le Père Musson[2], il avait, exemple d'une précocité rare, fait imprimer un commentaire qui ne manque pas d'élégance sur la *Thébaïde* de Papinius Statius[3]. Il était encore tout chaud de l'étude de l'éloquence quand, sous l'impulsion du ressentiment paternel plutôt que par haine pour notre société dans laquelle il avait même songé à entrer, il composa son *Satyricon*. Ce *Satyricon Euphormionis*, où il imite Pétrone, il l'écrivit sous le nom supposé d'Euphormion. C'est, à l'aide d'un seul et unique personnage, l'histoire de son père qu'il s'est proposé de retracer dans la première partie du *Satyricon* et la sienne propre dans la seconde. Il y décharge toute la bile de son père, d'une part contre le duc sérénissime et les nobles de sa cour, de l'autre contre notre société; puis il répand encore sur d'autres princes et grands seigneurs ses critiques et ses satires.

« Mais il a enveloppé la première partie de tant de voiles, il y

---

1. *Euphormion*, 2e partie, p. 163.

2. Pierre Musson, né à Verdun en 1561, entra au noviciat des jésuites en 1574. Il professa la grammaire, les humanités et la rhétorique à Pont-à-Mousson, Verdun, Dôle, La Flèche, fut huit ans préfet des études et mourut à Orléans en 1637. Il se nommait peut-être Mousson. Il a écrit diverses tragédies latines. Voir Sommervogel, *Bibliothèque de la Société de Jésus*, Paris, A. Picard.

3. *In P. Statii Thebaidos libros III commentarii authore Joanne Barclaio Gulmi filio;* Pontimussi apud Melchiorem Bernardum. MDCI.

a rattaché, en l'enjolivant, tant de circonstances étrangères au sujet, que, à l'exception de Labetrus, de Pédon et d'Acignius, contre lesquels il dirige ses traits satiriques, il lui était facile de se disculper à l'égard de autres personnages. Ainsi, comme on le croit communément, c'est Charles III qu'il a désigné sous le nom de Callion; mais il a ajouté à la réalité tant de choses fausses et inapplicables à ce prince qu'on peut à peine reconnaître les premiers linéaments de sa physionomie. C'est là-dessus surtout que s'appuie Barclay, quand, écrivant son apologie, il cherche à démontrer qu'en aucun endroit de son livre, il n'a, poussé par la haine, voulu attaquer ni même effleurer par un badinage innocent et permis, la vertu de ce prince; bien plus, quand il s'amusait, avec une verve un peu libre, aux dépens de divers grands personnages, il n'a même pas un instant songé au duc de Lorraine. « Que si, ajoute-t-il, « je ne craignais de l'offenser en me justifiant avec trop d'in- « sistance, la longue suite d'aïeux d'une famille si ancienne « protesterait assez contre la misérable origine que je raillais « dans Callion, et, dans la vie tout entière de celui-ci, com- « ment pourraient se reconnaître des vertus si notoires que « partout on célèbre[1] ? »

Explication du premier Satyricon.

« Quelque soin qu'ait mis Barclay à altérer les indices caractéristiques, à brouiller les traits, à déguiser ses personnages sous un masque de comédie, il ne put ecarter les soupçons ni empêcher de croire que dans le premier *Satyricon* Callion est le duc sérénissime, Fibullius l'éminentissime cardinal[2], Euphormion le père de l'auteur, Guillaume Barclay; dans Per-

---

1. *Euph.*, pars. III, p. 806.

2. Charles, cardinal de Lorraine, évêque de Metz et de Strasbourg, fils de Charles III, né en 1567, mort en 1607.

cas il faut voir plutôt Grégoire[1] ou encore Jean Hordal[2] ;
Pédon et les autres serviteurs de Callion représentent soit les
conseillers du prince favorables à notre société, soit les professeurs de jurisprudence, collègues de Guillaume Barclay.

« Le conteur imagine qu'Euphormion arrive de sa patrie,
la Lusinie[3], sur le continent. Il descend dans une hôtellerie
et, après un repas qu'il pensait lui avoir été offert gratuite-
ment, à la mode écossaise, il s'en voit réclamer le prix par l'hôtelier ; or, comme il n'a pas d'argent comptant, celui-ci, pour se
payer, s'efforce de le dépouiller de son vêtement. Survient Ca!
lion qui, avec quelques écus, le tire des mains de ce détrousseur
public. Euphormion, faisant le sacrifice de sa liberté, passe au
service de son libérateur. Mais Callion, par l'intermédiaire de
ses valets, met toute son application à troubler l'équilibre
mental de son nouveau serviteur et à le pousser à la folie. Il
espère ainsi avoir chez lui pour un perpétuel divertissement
quelqu'un qui lui servira de jouet. Il envoie de ses gens pour
réveiller brusquement Euphormion, au moment où il commence
à s'endormir, en lui lançant de la fumée dans les narines ;
alors qu'il est encore à moitié assoupi, on lui prend les jambes
dans les nœuds coulants de cordes auxquelles des poids sont
suspendus ; plus il met d'empressement à les retirer, plus, par
cette hâte même, il resserre et noue étroitement ses liens ;
enfin il n'est pas de tourments et d'outrages par lesquels ils
ne cherchent à le priver de sommeil et à lui faire perdre la
raison. Euphormion, suivant le conseil de Percas, pour se dé-
rober à tant de misères, fait semblant d'avoir réellement l'es-

1. Grégoire de Toulouse, professeur de droit à l'université de Pont-à-Mousson. Voir l'étude de M. Hyver : *Le doyen Pierre Grégoire de Toulouse et l'organisation de la faculté de droit à l'université de Pont-à-Mousson* (1582-1597). [*Mémoires de la Société philotechnique de Pont-à-Mousson*, t. I, p. 47 sq.]

2. Jean Hordal, jurisconsulte lorrain, descendait d'un des frères de Jeanne d'Arc. Professeur de droit à l'université de Pont-à-Mousson, il fut aussi conseiller du duc de Lorraine. Il mourut en 1618 à l'âge de 66 ans. Il a laissé : *Heroinæ nobilissimæ Joannæ Darc Lotharingæ, vulgo Aurelianensis puellæ historia.....* Pont-à-Mousson, 1612.

3. L'Écosse.

prit dérangé et n'échappe ainsi à une démence véritable qu'en feignant pour un *temps* la *démence*. Bientôt, après que, grâce à la même feinte, il paraît être rentré dans son bon sens, Fibullius lui offre pour épouse une femme dont la beauté l'emporte sur celle des statues les plus parfaites ; tout d'abord il accueille celle-ci et consent au mariage ; mais, quand il apprend que sa fiancée[1] a déjà été séduite par Fibullius lui-même et par d'autres grands seigneurs, il s'enflamme d'une telle fureur que sa vengeance se déchaîne contre la lettre même de Fibullius, il la met en pièces et la foule aux pieds[2]. Mais, pour cet acte, Euphormion va verser bien des larmes ; sa vie est mise en péril, son dos meurtri de coups, son front marqué au fer rouge de lettres majuscules. Percas est le ministre de la cruauté de Fibullius, et, comme il avait pris part à la faute, pour écarter plus loin de lui tout soupçon de complicité, il sévissait contre son compagnon avec plus de férocité encore qu'on ne le lui avait ordonné.

« Voilà à peu près ce qui constitue l'action du premier *Satyricon*, et, sans même que j'aie besoin de le dire, on pourrait facilement appliquer ce récit à Guillaume Barclay et aux controverses soulevées au sujet de l'Université de Pont-à-Mousson, qu'il jugeait corrompue par la trop grande complaisance des princes pour notre société. Le reste a été ajouté soit pour le plaisir du lecteur, soit pour exciter la haine contre les Acigniens, c'est-à-dire les Ignaciens, soit pour dissimuler la vérité en l'entourant d'événements et de perso. ages imaginaires. »

1. Cette femme personnifie l'université de Pont-à-Mousson corrompue par les princes de Lorraine.

Cf. Ch. Hyver. *Le doyen Pierre Grégoire de Toulouse et l'organisation de la Faculté de droit à l'université de Pont-à-Mousson*, p. 67 et 68.

2. Comme échantillon des contre-sens de Ra͜ot (Murigothus), je cite la traduction qu'il a donnée de cette phrase : « Ce qu'ayant apperçu Euphormion, il se mit en si grande colère qu'il en escrivit à Fibullius et luy reprocha en termes fort vifs la tromperie qu'il luy avoit faite, et que quand sa femme voulut se rapprocher de luy, il mit ses vêtements en pièces et la chassa à coups de pied ; elle en fit ses plaintes en pleurant et Euphormion risqua beaucoup pour sa vie..... »

Explication du second Satyricon.

« Dans le second *Satyricon* c'est lui-même que Barclay a
représenté plus clairement sous le même nom d'Euphormion.
Mais, pour que le récit se rattache à un seul et unique Euphormion, il imagine que celui-ci n'est pas le rejeton naturel
de Thémistius (c'est-à-dire de Guillaume Barclay), né de lui à
Pont-à-Mousson, mais son fils adoptif. Il décrit ainsi Pont-à-
Mousson sous le nom de Delphium :

« Un fleuve au lit assez large traverse une plaine entourée
« de montagnes, et comme ses eaux arrosent et les champs si-
« tués dans la plaine et ceux qui sont au pied des collines, la
« glèbe féconde admet tous les genres de cultures. Le sommet
« des montagnes nourrit des forêts touffues, charme de l'été,
« ressource contre l'hiver. Puis des vignobles et des jardins
« s'étendent sans interruption jusqu'à la plaine qui, distribuée
« en pâturages et en champs labourés, groupe d'innombrables
« villages autour de la ville, au point qu'ils lui donnent presque
« l'aspect d'une cité majestueuse. A l'entour on voit, ici de fertiles
« potagers, là des allées ouvertes aux promeneurs, principale-
« ment à l'endroit où le fleuve attiédit par la douce fraîcheur
« de ses eaux la chaleur que reçoit le creux de la vallée. La
« ville, partagée en deux par le fleuve, est réunie par un pont
« d'un assez beau travail et possède des maisons, non pas
« d'une masse imposante, mais spacieuses, construites en pierre
« excellente avec un art très élégant. Cette ville s'appelle Del-
« phium. Là le commerce des lettres attire et retient plus
« d'étrangers qu'il n'y a de citoyens ; car nulle part ailleurs
« les études ne passent pour plus brillantes et la renommée
« des Acigniens y conserve une jeunesse perpétuellement re-
« nouvelée, comme si elle devait donner des recrues à l'univers
« entier[1]. »

« Bientôt, lui qui, dès la première enfance pour ainsi dire,

1. *Euphormion,* 2e partie, p. 157.

avait été élevé dans nos écoles, il n'en racontera pas moins, pour embellir son récit, qu'il a commencé à apprendre les éléments des lettres au moment où son adolescence touchait presque à la maturité virile. Il ajoute que, ayant été témoin de la discorde qui à Delphium mettait aux prises les Acigniens, c'est-à-dire notre société, avec divers lettrés, c'est-à-dire les professeurs de droit qui s'efforçaient d'attirer à eux la dignité de recteur et de chancelier, il fut ressaisi de son indignation ancienne et :

« Oh ! s'écrie-t-il, aveugle passion du vice ! Oh ! étroitésse
« des querelles les plus mesquines où de grands crimes pourtant
« peuvent trouver place ! Ils s'entrechoquaient dans une lutte
« aussi violente, ils combattaient avec une ambition aussi
« acharnée que si ce triomphe pour rire leur eût promis l'es-
« poir du iadème. Des hommes distingués sans doute, mais
« obscurs, se disputaient avec une jalousie obstinée à qui com-
« manderait aux autres dans une petite ville : et ce qui suffi-
« sait à donner naissance à toutes ces haines, c'étaient de vains
« noms de dignités, et les faisceaux sans haches qui servent à
« fesser les enfants. Et pourtant personne ne parlait avec plus
« de sévérité contre l'ambition, personne n'énumérait plus fré-
« quemment les maux qu'engendre l'orgueil, et, tandis qu'oc-
« cupés à de petites choses ils ne s'aperçoivent pas que c'est à
« la gloriole seule qu'ils appliquent leur pitoyable esprit, dé-
« clamateurs ridicules, ils font le procès à l'éclatante ambition
« des grands et aux soucis qui troublent l'âme des princes[1]. »

« Ensuite Euphormion (Barclay) raconte qu'il partit pour l'Italie afin de consacrer sa vie à une certaine secte de philosophes (c'est ainsi qu'il appelle les religieux) et il est certain que déjà il songeait à entrer dans notre société. Mais Théophraste, c'est-à-dire un homme illustre, Jacques Davy, qui devint depuis le célèbre cardinal du Perron, s'étant lié avec lui à Milan, reconnut que son caractère ne pourrait supporter

---

1. *Euphormion,* 2ᵉ partie, p. 160.

l'abdication de sa liberté. Il loua son talent et le persuada de
tourner son esprit d'un autre côté, lui promettant, s'il vouait
sa vie aux lettres, qu'il se ferait un nom parmi les beaux esprits. En conséquence il se rendit à Marcia (c'est-à-dire Venise),
et peu après en Éleuthérie (c'est-à-dire en France), n'osant
par une fausse honte orgueilleuse, retourner auprès de Thémistius. Mais comme aucun honneur n'était rendu aux muses et
que lui-même, à Paris qu'il appelle Ilion, s'était laissé prendre
aux filets d'une femme et s'abandonnait à un amour déréglé,
il revint bientôt à de meilleurs sentiments et résolut ferme-
ment de se soumettre à la règle des philosophes qu'il avait
aimés autrefois. Cependant il voulut auparavant se produire
dans une assemblée de lettrés, et, par une improvisation élo-
quente, faire en public montre de son talent. Il se rendit à
la demeure d'Acignius (il entend par là le collège de La Flèche
fondé depuis peu par Henri le Grand) un jour où avaient lieu
des exercices littéraires. On propose un tableau dont le sujet
peut s'interpréter en différents sens et fournit matière aux
dissertations des savants. Barclay ajoute que, après un débat
contradictoire et un copieux commentaire de l'énigme, son
talent fut goûté d'Acignius. C'était le provincial Ignace Armand[1] qui, au moment où il prenait congé de lui, lui prodigua
les plus douces flatteries, et, lui décernant en public d'abon-
dantes louanges, séduisit par le charme de la plus dangereuse
volupté son âme émue ; aussi, amorcé par ces éloges, avide de
louanges nouvelles, revint-il le lendemain chez Acignius. Celui-ci, comme distraitement et sans y toucher, lui tint divers

1. Armand Ignace, né à Gap en 1562, entra dans la compagnie en 1570. Après avoir
professé la philosophie et la théologie pendant quelques années, il devint recteur du
collège de Tournon, supérieur de la maison professe, provincial de France et de Champagne et visiteur. Estimé de Henri IV, ce fut à Metz qu'il demanda au roi le réta-
blissement de la compagnie. Il mourut à Paris le 6 décembre 1638. (Sommervogel, *Bibliothèque de la compagnie de Jésus.*)

Le P. Ignace Armand visita plusieurs fois le noviciat de Nancy, notamment le
22 janvier 1604.

Voir Archives départementales, H. 1824. *Livre du procureur contenant l'état des
comptes du noviciat de la compagnie de Jésus à Nancy de 1600 à 1683.* Le noviciat
a été à Saint-Nicolas jusqu'en 1603.

propos sur le bonheur de ceux qui se sont engagés dans notre
société, et Barclay sentit bien que c'était pour lui, à n'en pas
douter, que ce langage était tenu.

« Pour moi, dit-il, prenant en horreur les machinations
« d'Acignius, plus il accumulait d'arguments en ce sens, plus
« je mettais de malignité à dédaigner ses paroles. Peu à peu
« dès lors ma piété se refroidit et de nouveau je me promis de
« renoncer au commerce d'Acignius et des autres philosophes ;
« car il ne m'échappait pas que les philosophes remuent je ne
« sais par quels moyens les cœurs des hommes et les imprègnent
« d'un venin plein de suavité pour les attirer dans leurs acadé-
« mies. Aussi, pour ne pas périr par un tel poison, je me mis
« en route, comme j'en avais depuis longtemps le dessein, pour
« me rendre en Scolimorrhodie (c'est-à-dire dans la Grande-
« Bretagne). Mais je tombai misérablement dans les filets que
« j'évitais avec tant de soin et, par un surprenant prodige,
« j'appris qu'Acignius est partout[1]. »

« En réalité, étant venu à Rouen, il sentit son cœur percé
de vifs aiguillons ; d'en haut la lumière brilla pour lui et
son âme se fondit doucement, inondée par le flot délicieux de
la grâce ; aussi ne put-il résister plus longtemps au Saint-
Esprit qui l'appelait à lui ; mais il demanda au provincial
Ignace Armand, qui était arrivé récemment de Paris, à être
admis dans notre société. Il use donc d'une fiction et raconte
qu'au moment où il errait au sein d'une nuit profonde, glacé
par le froid et par la solitude, il entendit le léger murmure
d'un ruisseau et arriva près d'une source vive, d'où ne s'échappait pas une eau commune ni un torrent vulgaire. Il trempa
son front, ses mains, bientôt aussi ses lèvres dans cette eau si
limpide ; peu après, le vent dissipa les nuages, les astres bril-
lèrent d'un plus libre éclat ; alors lui apparut l'aspect ravissant
de ce lieu :

« Il n'est pas de louange, dit-il, qui puisse en exprimer la

1. *Euphormion*, 2ᵉ partie, p. 252.

EUPHORMION. 2

« beauté. Une eau plus transparente que le cristal hâtait, à
« travers des petits cailloux qui, çà et là, faisaient saillie sur
« le sable, ses flots légers et frissonnants, et si doux était son
« murmure qu'on eût dit une musique ; elle réfléchissait aussi
« l'image des astres et ce reflet qui semblait plus éclatant que
« les flambeaux du ciel eux-mêmes, me promettait, dans l'en-
« chantement d'une si belle nuit, je ne sais quoi de plus mer-
« veilleux encore si j'examinais toutes choses à la pleine clarté
« du soleil. Si je n'avais pas su en toute certitude que je ne
« m'étais pas éloigné du voisinage d'Éleuthérie, j'aurais pu
« croire que j'avais été transporté en Perse près des sources
« d'or. Bientôt, quand la lune se mit à briller de son plus pur
« éclat, je vis à proximité une vaste maison, autour de laquelle
« se dressaient de hautes tours, lui formant une ceinture.
« Aussitôt je quittai la source et frappai à la porte la plus
« rapprochée de l'édifice pour demander l'hospitalité. Alors
« soudain les portes s'ouvrirent à deux battants et de toute
« part s'illuminèrent de la clarté des flambeaux ; Acignius,
« avec un grand cortège de porteurs de cierges, s'avança vers
« moi qui restais dans l'attente[1]. »

« Puis, quand Acignius eut promené sur le visage d'Euphormion je ne sais quels rameaux, qu'il eut ainsi versé dans son
âme un trouble délicieux et l'eut comme enveloppée de ténèbres,
avec la même troupe de porteurs de flambeaux, le jeune homme
pénétra dans l'intérieur de la maison, où il reçut l'accueil le
plus affable ; les paroles caressantes et les soins empressés des
serviteurs lui furent prodigués ; visages souriants des gens de
la maison, magnificence des apprêts, tout rivalisait pour lui
plaire.

« Euphormion ne tarde pas cependant à revenir à son caractère et à son amour inné de la liberté, et, se préparant à
s'éloigner, pour donner à son départ un prétexte qui ait une
apparence pieuse, il allègue qu'il est tenu d'accomplir sans

1. *Euphormion*, 2ᵉ partie, p. 253.

aucun retard un pèlerinage, dont il a fait le vœu, à la chapelle de Notre-Dame d'Apricote [1], en Icoléon, c'est-à-dire en
Belgique, célèbre par ses miracles. Mais Acignius le délie de ce
vœu et, pour me servir des expressions de l'auteur, de nouveau humecte ses yeux avec les mêmes rameaux, plongeant
ainsi son esprit dans le trouble. Le jeune homme a reconnu la
douceur de la source où il a bu la veille et son âme attendrie
est saisie d'une sorte d'ivresse; il promet de faire ce qu'on lui
commande. Cependant deux choses le font bientôt renoncer à
cette ferme résolution, d'abord l'horreur des exercices corporels
où s'occupent les novices pour abattre davantage leur esprit,
et puis le dégoût de la nourriture du noviciat. Il décrit ainsi
les novices appliqués chacun à leurs travaux :

« La plupart étaient des jeunes gens; ils tenaient baissé vers
« la terre leur visage plein de modestie; l'un disposait en tas
« réguliers des pierres éparses; l'autre transportait des fagots
« ou de l'eau, ou plantait des herbes destinées aux repas de la
« communauté; un autre se donnait beaucoup de mal pour
« établir un chemin tortueux menant à la porte de la maison;
« la plupart avaient meurtri leur corps par des flagellations,
« et entre chaque coup ils prononçaient le nom d'Eutychie
« (c'est-à-dire de la félicité). Assurément je ne voyais rien qui
« ressemblât à ce que m'avaient promis les séductions de la
« nuit précédente. Maintenant ils tournaient tous vers moi
« leurs visages muets et, celui qu'ils avaient reçu la veille avec
« tant de courtoisie, ils paraissaient l'inviter à partager leur
« labeur. »

« Et un peu plus loin :

« Au reste leur table ne se distinguait pas par le luxe et
« n'était pas couverte de mets laborieusement préparés; d'autre

1. ...*ad templum virginis Aspricollensis.*

Aspricollis, ou Mons Acutus, est la petite ville néerlandaise de Scherpenheuvel (Montaigu) dans le Brabant méridional, arrondissement de Louvain.

Voir sur ce lieu de pèlerinage, très en faveur au commencement du XVIIe siècle,
Ch. Pfister : *Pierre Séguin et la vie érémitique aux environs de Nancy. (Mémoires de
l'Académie de Stanislas,* 1898.)

« part une nourriture modeste et facile à se procurer excluait
« la funeste faim ; mais, ô chose presque incroyable à ceux qui
« ne l'ont pas éprouvée ! tout ce qu'on me servait me semblait
« mauvais ; ces mets, même après le jeûne et le travail, op-
« pressaient de leur fumée fastidieuse mon estomac pris de dé-
« goût. J'ai compris, mais beaucoup plus tard, que là les mets
« sont en rapport avec les sentiments des convives. Si quel-
« qu'un cherche spontanément Eutychie dans cette demeure et
« reste en ce séjour par une libre résolution, non seulement il
« trouve les mets excellents, mais il éprouve aussi du plaisir
« à veiller et à se livrer aux autres travaux qui m'y ont si fort
« épouvanté. Au contraire, ceux qu'une erreur, ou la violence,
« ou des séductions passagères ont poussés dans ce lieu comme
« dans un cachot, vivent, tourmentés par l'impatience de leur
« âme, comme s'ils étaient sur le rocher de Prométhée[1]. »

« Euphormion avait donc commencé à préparer son évasion
de la demeure où il était retenu. Elle paraissait facile, puisqu'il ne voyait aucune enceinte de murailles, quand soudain,
embarrassé et arrêté et furieux contre lui-même en raison de
ce retard inutile, il eut à lutter contre d'invisibles et impal-
pables obstacles ; car il se trouvait enveloppé de çà et de là
comme dans des rets très ténus et ce filet très fin, plus il faisait de violents efforts, plus il le resserrait en liens et en nœuds
plus étroits, et il s'étonnait de cette barrière d'une telle ténuité
que des regards pénétrants ne la pouvaient distinguer, que les
mains elles-mêmes ne la sentaient que parce qu'elles étaient
captives. Enfin, après qu'il eut fait part à Acignius de sa résolution de partir et que celui-ci eut épuisé tous les arguments
pour la combattre, il s'échappa par la porte d'Adranie (c'est-à-
dire de la paresse). Il dit en effet que l'entrée de cette demeure
était gardée par sept portes ayant chacune leur nom distinctif :
Hieromerimna (c'est-à-dire le souci des pratiques du culte dans
une âme troublée par les scrupules et que l'inquiétude tour-

1. *Euphormion,* 2ᵉ partie, p. 255 sq.

mente); — *Aelpis* (c'est-à-dire le désespoir); — *Penia* (la pau-
vreté); — *Adrania* (la paresse); — *Philotimia* (l'ambition); —
Glykytes (la douceur); — *Arete* (la vertu). Ainsi Jean Barclay,
comme il ne le dissimule pas lui-même, s'échappa de notre noviciat par la porte de la paresse pour se rendre en Grande-
Bretagne, où il fut très en faveur auprès du sérénissime roi
Jacques VI. Celui-ci l'admit au nombre des officiers de sa maison et ne voulut pas qu'on lui créât d'ennuis en raison de sa
religion. « Cette tolérance », dit Barclay dans la préface de
son *Avertissement aux sectaires*[1], « n'avait rien de bien extra-
ordinaire après tout. Je suis né en effet hors des îles Britan-
« niques et les étrangers ne sauraient être astreints aux lois
« religieuses qui obligent en Angleterre les indigènes. »

« Peu de mois après son arrivée en Grande-Bretagne, sur les
réclamations du sérénissime duc Charles qui se plaignait d'a-
voir été attaqué ainsi que les siens par la licence satirique de
l'*Euphormion*, il fut envoyé en Lorraine sous prétexte d'une
mission diplomatique. Là il donna, comme il put, satisfaction
au sujet de Callion et fit à nos pères, dans leur noviciat de
Nancy, une visite très courtoise. »

Ces pages du P. Abram nous fournissent, pour rectifier et
compléter les clefs reproduites par toutes les éditions de l'*Euphormion*, des changements ou des additions qu'il est utile de
relever.

Pour le personnage d'Euphormion les clefs indiquent Jean
Barclay, l'auteur même du *Satyricon*. Or, il est certain que,
comme l'explique le P. Abram, cette interprétation n'est juste
que pour la seconde partie : dans la première, Euphormion
représente Guillaume Barclay[2] qui reparaît, il est vrai, dans la
seconde, mais sous le nom de Thémistius. Dom Calmet écrit,

---

1. *Joannis Barclaii parænesis ad sectarios.* Coloniæ apud Joannem Kinckium, anno
1617.

2. Dans son *Apologie*, Barclay ne fait pas cette distinction : « Dissimulatus igitur
verecunde mihi ipsi sub Euphormionis nomine prælusi : ut, si novi hominis et vige-
simo primo anno scribentis..., sq. », p. 289, édit. Hack.

d'après le P. Abram : « Il est nécessaire, pour l'intelligence
de ce livre, de savoir que la première partie est l'histoire du
père et la seconde celle du fils, quoique sous le même nom, et
qu'au contraire, il désigne la même personne et le même lieu
sous différents noms[1]. »

Callion n'est plus le duc de Guise, comme le veulent certaines clefs, mais Charles III, duc de Lorraine. Fibullius, que
les clefs donnent comme un ami quelconque de Guise, devient
l'éminentissime cardinal de Lorraine. Dans Percas nous voyons,
non plus M. d'Anguien (ou d'Arquien), gouverneur de Metz,
mais Grégoire de Toulouse ou Jean Hordal. Pédon[2] symbolise
d'une manière générale soit les conseillers du prince favorables
à la société de Jésus, soit les professeurs de droit de l'université de Pont-à-Mousson, collègues de Guillaume Barclay.

Le P. Abram nous confirme que Théophraste n'est autre que
Jacques Davy qui devint le célèbre cardinal du Perron.

Il fixe aussi divers lieux : Notre-Dame d'Apricote en Flandre
(Icoléon), la Flèche, Rouen, précise, entre autres noms, celui
du provincial Ignace Armand, nous fait connaître plusieurs
voyages de Jean Barclay et, enfin, sa visite au duc de Lorraine
ainsi qu'aux jésuites du noviciat de Nancy.

Aucune des biographies de Barclay ne contient tous ces détails : seul Dom Calmet, ainsi que je l'ai dit, en reproduit
quelques-uns, mais sans indiquer sa source.

Recueillons donc les faits nouveaux que nous révèle le
P. Abram et insérons-les dans la biographie de Jean Barclay ;
car, sur son père, cette analyse ne nous apprend rien que nous
ne sachions d'autre part.

Une discussion chronologique est nécessaire ; cette première
partie de la vie de Jean Barclay a été en effet rapportée avec
un certain nombre d'inexactitudes. Voici des dates fermes re-
posant sur des documents positifs ou des témoignages qui ont
du poids.

1. *Bibliothèque lorraine*. Supplément, p. 4, Nancy, Leseure, 1751.
2. De *pedo*, qui a de larges pieds, pied plat ?

En 1581, l'Ecossais Guillaume Barclay, professeur de droit
à l'université de Pont-à-Mousson, où il est arrivé en 1577,
épouse dans cette ville Anne de Malavillers. De ce mariage
naît Jean Barclay le 28 janvier 1582. En 1601, le brillant
élève des jésuites de Pont-à-Mousson publie en cette ville son
commentaire sur la *Thébaïde* de Stace. « Il est possible que
les jésuites aient désiré qu'un jeune homme si plein de promesses entrât dans leur ordre; mais le récit courant, que le
père de Barclay l'expédia en Angleterre pour l'enlever aux
entreprises des jésuites[1], est contredit par le motif que J. Barclay lui-même donne de son voyage dans un de ses poèmes.
L'avènement au trône anglais d'un roi d'Écosse suffit à expliquer qu'un jeune Écossais, bien doué et entreprenant, se soit
rendu à Londres. Mais en même temps l'antipathie contre les
jésuites — quelle qu'en soit la cause — existait certainement
chez Barclay et on en trouve la preuve dans le premier ouvrage
qu'il composa alors, le *Satyricon*[2]. »

Nous savons que cette antipathie eut surtout pour cause les
démêlés que son père, devenu doyen de la faculté de droit, eut
avec les Pères de la société au sujet des charges de recteur et
de chancelier que ceux-ci prétendaient avoir seuls le droit de
remplir. L'affaire ayant été évoquée au conseil du duc Charles III le 18 novembre 1602, Guillaume Barclay perdit sa cause
et c'est le chagrin qu'il en ressentit qui le détermina à quitter
la Lorraine. Après un court séjour à Paris, le père et le fils se
rendent à Londres où ils se trouvent en 1603, à l'avènement
de Jacques Ier. A l'occasion du couronnement Jean publie un
poème latin[3]. La même année, il fait imprimer la première
partie de l'*Euphormion* dédiée au roi Jacques. « Cette édition, dit M. Dukas, est d'une rareté excessive. Non seulement
je ne l'ai pas trouvée à Paris, mais je ne l'ai vue décrite nulle
part. Elle n'est pas au *British Museum*, dont l'édition la plus

1. Voir l'article Jean Barclay de la *Biographie Didot.*
2. Richard Garnett, *Dictionary of national Biography*, t. III, 1885, p. 162.
3. Bayle.

ancienne est celle de 1610. Elle ne faisait pas partie de la col-
lection, si riche en spécialités écossaises, du docteur Laing.
Sur le *Catalogus librorum impressorum Bibliothecæ Bodleianæ*,
Oxon. 1843, sq. I, 183, je ne la vois pas figurer non plus[1]. »

Cependant cette édition introuvable a existé, puisque le titre
de l'édition de Paris de 1605 est : *Euphormionis Lusinini Satyricon nunc primum recognitum, emendatum et variis in locis auctum.* Une édition revue et augmentée en suppose nécessairement
une antérieure. Au surplus, nous savons que d'autres ouvrages
de la même époque qui jouirent de la plus grande vogue eurent ou faillirent avoir le sort de la 1ʳᵉ édition de l'*Euphormion.* On ne connaît plus qu'un exemplaire de l'édition de
l'*Astrée* de 1607, et il s'en est fallu de peu que la 1ʳᵉ édition
de *Francion* de Charles Sorel (1623) ait disparu[2].

Ni le P. Abram ni Dom Calmet ne mentionnent ce premier
voyage en Angleterre de Guillaume et de Jean Barclay. A la
fin de 1603, nous les voyons revenir en France. On lit dans
la *Vie de Guillaume Barclay,* par M. E. Dubois[3] : « Tous les
auteurs s'accordent à dire que Jacques Iᵉʳ le reçut fort bien et
lui offrit la charge de conseiller d'État « avec de gros appoin-
« tements », mais que Barclay, bien qu'il fût sans fortune, ne
put l'accepter, à cause de la condition qui s'y trouvait atta-
chée de renoncer à la foi catholique et d'embrasser la religion anglicane[4]. »

C'est à Paris qu'il se rend, accompagné de son fils, « avec
peu de biens et sans emploi[5] ». L'université d'Angers cherchait alors un professeur pour une chaire de droit vacante depuis 1599. Elle lui est offerte et le 15 janvier 1604, il signe

---

1. *Op. cit.,* p. 29.

2. Voir E. Roy. *La vie et les œuvres de Charles Sorel.* Hachette, 1891, p. 62.

3. *Guillaume Barclay, jurisconsulte écossais, professeur à Pont-à-Mousson et à Angers* (1546-1608) [*Mémoires de l'Académie de Stanislas,* 1870-1871].

4. Cf. Bayle, Moréri. Son père, selon Moréri, craignait que les sentiments des pro-
testants ne fissent impression sur son esprit. C'est pour cette raison qu'il l'aurait ra-
mené en France.

5. Pocquet de Livonnière. *Vie de G. Barclay,* publiée par E. Dubois, *op. cit.,*
p. CLXVIII sq.

le traité par lequel il s'engage à enseigner à Angers pendant cinq années entières[1]. A cette date il est encore à Paris.

Que devient dès lors Jean Barclay ? Voici ce qu'écrit M. Dukas[2] : « Guillaume Barclay, en partant, emmena son fils. Nous les retrouvons tous deux à Angers, en 1605. C'est pendant ce séjour que se place la composition de la seconde partie de l'*Euphormion*... D'Angers, Jean Barclay alla à Paris où il se maria en cette même année 1605 ; dès 1606, on le voit établi de nouveau à Londres... »

Pour cette partie de la biographie de Jean Barclay, M. Dukas se fonde uniquement sur une phrase de Ménage (*Vita Petri Œrodij*, etc. Paris, 1675) : « Il fit à Angers la segonde partie de cet ouvrage. Je l'ay ouy dire à mon père. » Or c'est plus vraisemblablement dans cette période que se placent le voyage de Jean Barclay à Milan et à Venise et ses séjours aux noviciats de La Flèche et de Rouen qui nous sont rapportés par le P. Abram et qu'ignorent les autres biographes.

La rencontre avec le cardinal du Perron ne put avoir eu lieu qu'en 1604 ou au commencement de 1605. Nous savons que celui-ci, depuis peu promu au cardinalat, partit de Fontainebleau pour son ambassade de Rome le 29 octobre 1604. Dans une lettre qu'il écrit au roi Henri IV pour lui rendre compte de son voyage (de Rome, 12 janvier 1605)[3], il lui dit qu'il a passé par Turin, Casal, Parme, Modène, Bologne et Florence. Il n'est pas davantage question de Milan dans les autres lettres. Mais Barclay mentionne expressément cette ville comme lieu de l'entrevue entre son héros et Théophraste (du Perron). Est-ce dans l'*Euphormion* que le P. Abram a puisé cette information que nous ne pouvons contrôler ? En maint endroit, nous le savons, Barclay, bien que le fond du récit soit vrai, commet de volontaires anachronismes, mêle les faits et les pays,

---

1. E. Dubois, *op. cit.*
2. *Op. cit.*, p. 8.
3. *Les ambassades et négotiations de l'illustrissime et révérendissime cardinal du Perron*. Recueillies par César de Ligny, secrétaire dudit seigneur. Paris. Antoine Estienne, 1623, p. 260.

brouille en un mot les pistes. Le cardinal l'a-t-il réellement rencontré à Milan? Ou bien ce nom a-t-il été substitué à un autre nom de ville? La question n'a pas en soi grande importance. Quant à l'entrevue elle-même, elle s'explique aisément. Du Perron avait eu avec la Lorraine des relations fréquentes. Sans parler de ses tentatives de conversion sur la duchesse de Bar[1], nous voyons dans sa correspondance diverses lettres adressées au cardinal de Lorraine, un des bienfaiteurs de l'université de Pont-à-Mousson. Mais, à titre d'Écossais, Barclay devait plus particulièrement intéresser le prélat qui avait composé une pièce de vers sur la mort de la reine d'Écosse Marie Stuart et prononcé son oraison funèbre. La sollicitude de Du Perron avait, disent les clefs de l'*Euphormion*, aidé en France plus d'Écossais célèbres à pratiquer les bonnes lettres qu'en Écosse même le roi n'en soutient et favorise[2].

Voyons de quelle manière Barclay, par la bouche d'Euphormion, raconte ce voyage en Italie où il devait rencontrer Du Perron. Il s'est lié à Delphium (Pont-à-Mousson)[3] avec un jeune noble du nom d'Anémon[4], d'une piété fervente, qui peu à peu l'amène par ses exhortations à partager sa résolution d'embrasser la vie religieuse. Assez longtemps ils dissimulent leur projet et ce mystère même dont ils s'entourent ne fait qu'exciter leur désir. Mais le changement survenu dans les habitudes d'Euphormion, dans sa conversation maintenant tout imprégnée de piété, ne peut échapper à l'œil perspicace de Thémistius.

Que l'on mette de côté la rhétorique érudite et la mythologie qui chez Barclay gâtent si souvent les pages les plus sincères et

1. Catherine de Bourbon, sœur de Henri IV, morte à Nancy le 13 février 1604. Elle demeura fidèle à la religion protestante.

2. *Theophrastus, Perronius cardinalis Ebroicensis, cujus sollicitudine in Gallia plures Scoti celebri nomine bonas artes professi sunt, quam in ipsa Scotia foventur et aluntur a Rege.*

3. Anachronisme, puisque Guillaume et Jean Barclay avaient quitté la Lorraine depuis la fin de 1602.

4. Les clefs donnent pour ce nom M. de Bonville, introducteur des ambassadeurs.

l'on retrouvera ici l'écho des discussions qu'il dut avoir avec
son père au sujet de cette vocation soudaine. Guillaume essaya
en vain de le mettre en garde contre les dangers d'une décision
trcp peu mûrie. « Mais son discours n'eut aucun effet sur mon
« âme obstinée, » dit Euphormion ; « car je considérais qu'en pa-
« reil cas c'était être pieux que d'être cruel ; aussi lui répondis-
« je formellement que sans doute pour moi toutes les choses
« humaines passaient après Thémistius, mais que Thémistius
« lui-même passait après le ciel[1] ». Le père, après les accès de
colère, après les larmes, se résigne à le laisser partir, mais
avec l'espoir qu'il reviendra désabusé. Il en veut surtout à ces
religieux qui exploitent l'inexpérience de la jeunesse pour
l'attirer à eux, en lui peignant le monde sous de fausses cou-
leurs et en l'effrayant par la crainte de l'enfer.

Anémon et Euphormion se mettent donc en route[2] et arrivent à Milan. Là ils lient connaissance avec un prêtre fort
aimable et très bienveillant, qui est descendu dans la même
hôtellerie. Comme tous trois se rencontrent presque chaque
jour aux mêmes offices, dans les mêmes églises, Théophraste
(Du Perron) s'intéresse à ces jeunes gens et s'enquiert auprès
d'eux du but de leur voyage. Bientôt, avec l'autorité que lui
donnent son âge et sa haute vertu, il essaie, d'une main douce
et discrète, de guérir, sans qu'ils s'en doutent, la blessure de
leur cœur. Son coup d'œil est sûr et pénétrant.

« Il vit bien que l'élan qui nous emportait vers la vie reli-
« gieuse ne se soutiendrait pas ; que l'esprit d'Anémon était
« prompt à s'enflammer de passions soudaines, que le mien ne
« saurait supporter la captivité volontaire et la règle austère
« qu'on s'impose en entrant dans un couvent[3]. » Les deux
jeunes gens se laissent peu à peu persuader par les sages
conseils d'un homme dont l'ardente piété leur est connue.

1. *Euphormion,* 2ᵉ partie, p. 165.

2. En réalité, ce n'est pas de Pont-à-Mousson, mais de Paris, selon toute vraisemblance, que Barclay partit pour l'Italie.

3. *Euphormion,* 2ᵉ partie, p. 169.

Puis, comme leurs parents ne sont plus là pour contrarier leur vocation, ils la sentent faiblir degré par degré. Anémon se reprend à songer à la haute situation de sa famille, à l'opulent héritage que lui laissera son père. Bref, il se décide à aller le retrouver. Quant à Euphormion, je ne sais quelle orgueilleuse pudeur l'empêche de retourner auprès de Thémistius. Théophraste l'engage à se consacrer aux muses, loue son talent et lui promet un nom parmi les lettrés.

Euphormion prend le parti de se rendre à Marcia (Venise, dont saint Marc est le patron). C'était une des villes les plus proches et le départ récent des Acigniens laissait la place disponible à de nombreux maîtres de la jeunesse.

Barclay fait allusion par ces mots à la lutte soutenue par les jésuites contre le Sénat de la République de Venise et à leur exil de cette ville. Ils la quittèrent le 10 mai 1606 [1]. Or, à cette date, Jean Barclay est à Londres, marié depuis l'année précédente. L'anachronisme est évident. De même les pages qui suivent, relatives au différend entre le pape (qu'il désigne sous le nom de Gephyrius) [2] et la république de Venise, concernent des événements qui se sont passés en 1606. C'est cette année que le pape Paul V lance l'excommunication contre la Seigneurie et que Henri IV offre sa médiation [3].

Nous devons donc conclure que, si J. Barclay a été réellement à Venise, il a mêlé dans son récit à des souvenirs personnels des faits contemporains à la composition du deuxième *Euphormion* (1605-1607). Les querelles des jésuites et du Saint-Siège avec Venise étaient alors à l'ordre du jour de l'opinion. De là les détails et les développements que Barclay, prompt à saisir l'actualité, nous donne à ce sujet, usant du droit reconnu à tout romancier de combiner à sa guise des événements réels aussi bien que d'en imaginer de fictifs.

Il est d'ailleurs probable que si Barclay visita Venise en

1. Voir Crétineau-Joly. *Histoire de la compagnie de Jésus*. Paris, 1846, t. III, p. 105.
2. Traduction de *pontifex* (de γέφυρα, pont).
3. Voir les *Ambassades... de du Perron*, p. 442 à 593.

1604, il n'y fit qu'un court séjour et ne réussit pas à s'y créer une situation. Il a tracé de l'aspect de cette ville un tableau qui ne manque pas de vivacité et où l'on serait assez fondé à reconnaître des impressions personnelles[1]. S'il loue Venise en bons termes, il se permet cependant à l'égard de cette ville diverses railleries qui paraissent avoir irrité les habitants de la sérénissime République; car, dans son *Apologie*, Barclay consacre plusieurs pages à sa justification sur ce point[2].

Aucun passage du deuxième *Euphormion* ne laisse soupçonner que Barclay ait dépassé Venise, bien que son intention primitive eût été de se rendre à Rome[3].

Suivons maintenant Barclay dans son retour en France. Il a résolu d'aller à Paris pour chercher à se concilier la faveur du roi Henri IV. C'est ce qu'indique l'*Euphormion;* mais la réalité des faits, à partir de ce moment, serait difficile à découvrir sous les inventions romanesques dont l'auteur pare et enjolive son récit. La succession chronologique des événements est en outre intervertie. Un fait capital de la vie de Barclay, dont nous devons tenir grand compte, n'a trouvé place ni dans l'*Euphormion* ni dans l'analyse du P. Abram, c'est son mariage.

En 1605, il épousa à Paris Louise de Bonnaire, fille de Michel de Bonnaire, payeur aux armées, et poétesse latine[4]. Le couple alla habiter Londres en 1606.

Si donc nous devons tenir pour vraies les explications du P. Abram sur les pages de l'*Euphormion* qui racontent la lutte suprême de Barclay contre une vocation religieuse renaissante ainsi que son émancipation définitive, il est nécessaire de replacer les scènes de La Flèche et de Rouen avant le séjour à Paris, où le mariage eut lieu.

1. *Euphormion*, 2⁰ partie, p. 171.

2. *Apologia*, p. 294-298.

3. ...*qui (Theophrastus) et unde essemus, quove studio Tiberim quæreremus, a nobis voluntaria confessione expressit.* (*Euphormion*, 2⁰ partie, p. 169.)

4. *Dict. of national Biography*, loc. cit.
Cf. David Irving, *Lives of Scotish writers*, Edinburgh, Adam and Charles Black, 1839, t. I, p. 372, qui appelle Michel de Bonnaire « Trésorier des Vieilles Bandes ».

Nous admettrons donc que, revenant d'Italie[1], Barclay s'arrête d'abord à Paris; puis, désireux de revoir son père, se dirige sur Angers. Il revient par La Flèche, où il retrouve plusieurs de ses anciens maîtres. En 1603, Henri IV avait fait don aux jésuites de sa maison de La Flèche pour y établir un pensionnat. « Le 15 octobre de cette année trois Pères de Pont-à-Mousson se mirent en route pour donner les commencements à ce nouveau collège; c'étaient les Pères Pierre Barny, Christophe Brossard[2] et Pierre Sinson. Deux mois après, le 9 décembre, on leur adjoignit cinq autres Pères[3]. » Le c'lège fut en plein exercice et pourvu d'un nombre de chaires suffisant pour un enseignement complet, aussitôt après l'arrivée des jésuites, dans les premiers jours de 1604. Dès cette année le nombre des élèves approche de 1,200[4].

Cette visite de Barclay à La Flèche, où les jésuites lui font si bon accueil et cherchent en flattant sa vanité littéraire à l'attirer dans leur ordre, se placerait très naturellement au commencement de 1605. Il faut noter toutefois que l'*Euphormion* ne fait aucune allusion à un voyage à La Flèche et à Angers et place à Paris même cet entretien avec Acignius. Toutefois la version du P. Abram est fort vraisemblable; Jean Barclay a sans doute été en 1605 à Angers pour y voir son père, mais n'a pu y prolonger son séjour, comme le prétend M. Dukas d'après Ménage.

Il est plus malaisé de démêler la raison qui, au sortir d'Angers, l'aurait fait se diriger sur Rouen? Faut-il admettre qu'il ait dès lors pris la résolution de retourner en Angleterre, et, pour ce motif, ait passé à Rouen où il devait rencontrer d'une

---

1. Rien cependant ne paraît s'opposer à ce que, dans la réalité, le séjour de Barclay à La Flèche et à Rouen soit antérieur à son voyage en Italie. On le concevrait très bien en 1604, au retour d'Angleterre. J'ai suivi l'ordre des faits dans l'*Euphormion*.

2. Chancelier de l'université de Pont-à-Mousson de 1593 à 1603.

3. P. Carayon. L'*Université de Pont-à-Mousson*, p. 401.

4. Cf. Jules Clère, *Histoire de l'École de La Flèche depuis sa fondation par Henri IV*. La Flèche, Jourdain, 1853, p. 82, sq.

manière si inattendue le provincial Ignace Armand ? Ou bien,
si l'on dégage le récit de toutes les circonstances romanesques
que Barclay a dû y ajouter, ne serait-ce pas le provincial lui-
même qui, après avoir ranimé chez Barclay une vocation ancienne, l'aurait, par le prestige de son autorité et l'habileté
de sa parole, déterminé à le suivre à Rouen ? Une maison de
probation (ou noviciat) venait d'être établie en cette ville.
C'est ce personnage d'Ignace Armand (Acignius) qui me semble le trait d'union entre ces deux séjours, à La Flèche et à
Rouen.

De Rouen, après ce court et infructueux essai de vie religieuse, Barclay dut revenir directement à Paris où il se maria,
nous le savons, en cette même année 1605. C'est à Paris qu'il
publie en 1605, chez François Huby, rue Jacob, la seconde
édition revue, corrigée et augmentée de la première partie de
l'*Euphormion*.

En quoi consistent les additions (*variis in locis auctum*) ? Il
serait téméraire de le conjecturer et j'ai déjà suffisamment
multiplié les hypothèses pour m'interdire ici celles qui ne sont
pas indispensables. Ce qui est certain, c'est que l'économie générale du premier *Euphormion* n'a été en rien modifiée en cette
seconde édition. Guillaume Barclay seul reste le héros du roman. Jean ne paraît y avoir mêlé aucune de ses propres aventures. Il réserve son autobiographie pour une deuxième partie
où il remontera même au delà de la date de 1603, qui est celle
du premier *Euphormion*, puisqu'il y racontera ses études à
Pont-à-Mousson.

En 1606, J. Barclay retourne en Angleterre avec sa jeune
femme, qui lui donnera un fils et deux filles, William, Anne
et Louise[1]. Il se fixe à Londres, où Peiresc lui écrit d'Anvers le
20 juillet 1606[2]. Nous avons aussi trois lettres de J. Barclay

---

1. David Irving, *op. cit.*, I, p. 372.

2. A Monsieur, Monsieur Barclay, chevalier et gentilhomme ordinaire de la chambre
du roy d'Angleterre, à Londres, en Kinstrid. (*Lettres de Peiresc*, publiées par Th. Ta-
mizey de Larroque. Paris, imprimerie nationale, t. VII, p. 348, lettre CXL.)

adressées de Londres à Scaliger ; deux seulement portent des dates : 13 juin et 2 août 1606 [1].

Lorsque Euphormion nous raconte [2] son arrivée en Scolimorrhodie [3], c'est bien de ce second retour en Angleterre qu'il est question, et non du premier. Les éloges hyperboliques, en prose et en vers, qu'il prodigue, selon le goût du temps, à Tessaranacte [4], nous confirment le bon accueil qu'il reçut de Jacques Ier et la faveur dont il jouit auprès de ce prince. « *Hodie*, écrit Scaliger en juillet 1606, *regi est carissimus et prandenti ac cœnanti semper ad mensam sistere se solet* [5]. »

En 1606, Barclay publie ses poésies latines sous le titre de *Sylvœ* [6] ; en même temps il poursuit la composition de son second *Euphormion* qui sera publié à Paris en 1607.

Il nous reste à examiner une dernière assertion du P. Abram. Celui-ci prétend, on s'en souvient, que Charles III se plaignit à Jacques Ier d'avoir été tourné en ridicule, lui et les siens, dans l'*Euphormion*, et que Barclay, sous couleur d'une mission diplomatique, fut envoyé en Lorraine, où il donna de son mieux satisfaction au prince.

Nous n'avons pas d'autre preuve établissant d'une manière formelle ce voyage de Barclay en Lorraine ; mais ici le témoignage du P. Abram a une valeur particulière. La visite de Barclay au noviciat de Nancy avait dû laisser des traces dans les souvenirs et les annales des Pères.

Il dut venir à Nancy en 1607. Le rang qu'il occupe dès lors à la cour de Jacques Ier explique qu'on ait pu l'attacher à une ambassade.

---

1. *Epistres françoises des personnages illustres et doctes à Mons. Joseph Juste de la Scala*, mises en lumière par Jacques de Reves. Harderwyck, 1624, in-12, p. 15, 198 et 361.

2. *Euphormion*, 2⁰ partie, p. 283.

3. Scolimorrhodia, la Grande-Bretagne, de σκόλυμος, chardon, et ῥ ία, rose. Le chardon est l'emblème national de l'Écosse, comme la rose celui de l'Angleterre.

4. Tessaranactus, de τίσσαρα, quatre, et ἄναξ, roi, « nom donné au roi Jacques à cause de ses quatre royaumes, celui de France compris ». (Dukas.)

5 Cité par D. Irving, *op. cit.*, I, p. 372.

6. *Dictionary of national Biography*.

On trouve aux archives départementales, à l'année 1607
(B., 1,299), au compte des dépenses faites pour plusieurs seigneurs, ambassadeurs, etc., la mention du sieur Tampotte[1],
ambassadeur d'Angleterre. Il se peut que Barclay ait fait
partie de sa suite.

D'autre part, au registre de comptes de l'année 1606 (B.,
1,298) sont inscrites les sommes délivrées au comte de Vaudémont, député par Charles III pour visiter en son nom le roi
d'Angleterre. Il est permis de supposer que la plainte du duc
de Lorraine fut exprimée par le comte de Vaudémont. Elle
était très naturellement amenée par la seconde édition de la
première partie de l'*Euphormion* (Paris, 1605) qui eut beaucoup
plus de retentissement que l'édition *princeps* de Londres. Le
vieux duc devait mourir en 1608 (le 14 mai), qui est aussi
l'année de la mort de Guillaume Barclay (3 juillet). Ne peut-on
pas croire aussi que Barclay voulut revoir son père et sa mère
à Angers ainsi que la famille de celle-ci en Lorraine ?

Il fait allusion à ce projet dans une pièce intéressante adressée
à son père[2] et qui ne peut être que de 1606 ou de 1607. On y
lit en effet ces vers :

> *Tempus erit cum vos[3] prono veneratus honore*
> *Amplectar, tangamque manus, atque oscula figam.*
> *Tunc ego de charis orsus narrare Britannis,*
> *Tunc referam quid Rector agat, quam fronte benigna*
> *Dignetur famulos,* etc...

Dès 1606, l'idée d'un voyage en France s'agite dans cet esprit aventureux et mobile. On voit par les lettres qu'il écrit
de Londres à Scaliger, et que nous avons mentionnées, qu'il
songe à aller en Hollande pour y rendre visite à l'illustre éru-

---

1. *Sic.* Le nom est estropié, ainsi qu'il arrive souvent dans ces registres pour les noms étrangers. Serait-ce le comte de Northampton (1539-1614) ?

2. *Ad illustrem fama et genere virum, Guilielmum Barclaium, Parentem dulcissimum.* Cette pièce se trouve à la page 107 du recueil intitulé : *Delitiæ poetarum Scotorum hujus ævi illustrium.* Amsterdam, J. Blaeu, 1637.

3. Son père et sa mère.

dit et aussi en France pour assister aux solennités du baptême des enfants de Henri IV[1]. Je suis donc porté à croire à l'exactitude des renseignements que le P. Abram nous fournit sur ce point.

Rappelons que le noviciat des jésuites où Barclay alla si courtoisement présenter ses hommages à ses anciens maîtres, après les avoir quelque peu malmenés dans son livre, avait été fondé et établi à Saint-Nicolas en 1599, sous le pontificat de Clément VIII, puis transféré à Nancy en 1603[2].

Ce qui est assez piquant, c'est que l'année même où Barclay donnait aux jésuites ce gage de réconciliation, il faisait paraître à Paris son deuxième *Euphormion* (F. Huby, 1607) plus agressif encore que le premier contre l'ordre puissant des Acigniens. Mais cette contradiction n'a rien de surprenant pour qui connaît l'existence entière de Barclay et a pu juger de la facilité avec laquelle il se rétracte quand il croit opportun de le faire.

A l'égard du personnage de Callion, il put s'excuser sans trop de difficultés auprès du duc de Lorraine et sans s'exposer à être démenti par le deuxième *Euphormion*. La mort de Callion y est en effet rapportée[3], et cet artifice devait sans doute aider à prévenir toute nouvelle tentative d'assimilation avec Charles III.

---

1. « Il n'y a plus de moyen que je ne satisface à un juste désir qui me pousse sans cesse à faire un voyage en Hollande et là vous offrir de bouche, Monsieur ce qui vous est tant acquis en moy... » (Sans date.) [*Epistres françoises..... à Monsieur de la Scala*, p. 198]. « Je ne vous escriray point de nouvelles de ces quartiers de deça, car je m'asseure que lo porteur vous les dira toutes de bouche, et moy, je suis prest d'en aller querir en France, ou je me veux transporter pour la solennité du baptesme des enfans du roy. Je m'assure que beaucoup de gens vous en manderont les particularitez : et entre aultres ne fauldra pas à ce debvoir, Monsieur, vostre très affectionné et obeyssant serviteur.

« Jean de Barclay, de Londres ce 2 d'aoust 1606. »
(*Ibid.*, p. 361).

2. *Archives départementales*, H. 1805. État en forme d'inventaire du noviciat de la compagnie de Jésus de la province de Champagne depuis son établissement à Saint-Nicolas en Lorraine... jusqu'en cette année 1737.

3. *Euphormion*, 2e partie, p. 180.
« .....celeriter sublatus Callion familiæ libertatem codicillis reliquit. »

C'est à cette date de 1607 que s'arrêtent les indications données par le P. Abram. Si elles sont justes, et elles se présentent en général avec un caractère de vraisemblance, elles contribueront à éclairer cette partie de la vie de Jean Barclay, demeurée obscure et confuse dans ses biographies, qui s'est écoulée entre ses deux séjours en Angleterre, celui de 1603 et celui qui, commencé en 1606, se prolongera d'une manière presque continue jusqu'en 1615, année de son départ pour Rome, où il devait mourir le 15 août 1621.

Indépendamment des divers détails biographiques et des clefs que nous avons trouvés dans l'analyse du P. Abram, elle extrait pour nous de l'*Euphormion* une histoire qui, en elle-même, n'est pas sans intérêt. C'est celle de la fausse vocation de Barclay pour la vie religieuse, des séductions exercées sur lui par les Pères jésuites pour l'attirer au sein de leur compagnie, de sa résistance, de ses refus, de sa libération définitive. Ce petit drame intime a été assez heureusement dégagé du fouillis d'aventures, de dissertations, de digressions de toute sorte dont se compose l'*Euphormion*.

Non pas qu'il y ait une grande originalité dans le fond même de l'épisode, non plus que dans les protestations lancées par Barclay contre les religieux qui abusent de leur influence sur de jeunes esprits pour les pousser à entrer au couvent. Érasme, en ses *Colloques*, d'autres encore avaient écrit sur ce sujet des pages plus incisives et plus vigoureuses. Naguères les plaintes passionnées de Pierre Ayrault contre les jésuites qui lui avaient enlevé son fils avaient eu un grand écho dans l'opinion publique. On sait que le jurisconsulte Pierre Ayrault, lieutenant criminel à Angers, avait résolu de faire de l'aîné de ses quinze enfants son successeur dans sa charge. « Lorsqu'il confia son fils René aux mains du provincial des jésuites et au préfet du collège de Clermont, il les supplia de ne pas l'attirer dans leur compagnie, ayant d'autres enfants qu'il voulait consacrer à l'église... Les jésuites lui promirent expressément de ne troubler en rien ses desseins paternels ; et cependant, entraînés par les dispositions qu'ils trouvèrent dans cet enfant, ils s'attachèrent soudain à le capter. Que dirai-je de plus ? Après qu'il eut fini, à 11 ans, sa rhétorique au collège de Clermont, les jésuites, sans consulter son père, « 'en emparèrent en 1586[1]. » Ayrault les somme de lui rendre son fils; les jésuites le font évader. René change de nom, de retraite, passe en Lorraine, en Allemagne, en Italie. Ni l'arrêt du Parlement qui défend aux jésuites de le recevoir, ni l'appui du roi Henri III, ni l'intervention du pape Sixte-Quint lui-même ne parvinrent à faire retrouver le jeune novice. Le secret de sa retraite ne put être percé. C'est '*ors que Pierre Ayrault exhala son ressentiment et sa douleur dans son traité : *De patrio jure ad filium.* Paris, 1593.

Ces événements étaient encore bien présents aux esprits au moment où Barclay compose son *Euphormion,* et il est possible qu'il ait songé à Pierre Ayrault quand il faisait parler Thémistius, c'est-à-dire son père[2]. Mais Guillaume lui-même, comme l'affirment plusieurs de ses biographes, n'eut-il pas à l'endroit de son fils des appréhensions du même genre? Il pouvait craindre, lui aussi, que Jean, contrairement au vœu paternel, n'eût subi la caresse enveloppante de ses maîtres et ne se fût laissé suggérer par eux une vocation factice. Et en réalité son fils fut en ce péril, si nous en croyons l'*Euphormion.* Mais il n'avait pas reçu, comme Léonard Clan, le héros d'un roman contemporain[3], l'indélébile empreinte, et sut promptement reconquérir sa liberté.

Je n'ai nullement l'intention d'établir un parallèle entre ces pages de l'*Euphormion* et l'œuvre si remarquable de M. Estaunié. L'*Empreinte* a une ampleur et une profondeur d'analyse psychologique qu'on ne peut s'attendre à rencontrer dans la production juvénile de Barclay. De plus, si Euphormion se

1. *Vies de Pierre Ayrault, Guillaume Ménage et Mathieu Ménage,* traduit du latin de Gilles Ménage par Blordier-Langlois, Angers, 1844.

2. *Euphormion,* 2e partie, p. 165 sq.

3. *L'Empreinte.*

débat contre la fausse vocation qu'on lui a suggérée, c'est pour de tout autres raisons que Léonard Clan. Il n'a connu à aucun degré l'angoisse de cette crise du doute dont l'âme de celui-ci est torturée. Sa foi ne subit aucune atteinte; s'il se dérobe enfin à la vie religieuse, c'est parce qu'il en redoute les austérités, c'est surtout parce qu'il refuse d'abdiquer son indépendance.

Un autre motif qui le détermine à fuir le noviciat, c'est le réveil de l'antipathie que lui a inspirée son père contre l'ordre même des jésuites. Guillaume n'a-t-il pas été obligé de quitter Pont-à-Mousson par suite de leurs intrigues? N'est-il pas leur adversaire né, lui, l'un des défenseurs de la doctrine gallicane[1]? Aussi Jean Barclay ne néglige-t-il aucune occasion d'attaquer cet ordre puissant, en montrant l'art insidieux avec lequel il sait capter les âmes et les intelligences, en dénonçant enfin son ambition sans limite.

Voilà par où l'*Euphormion* se relie à l'œuvre de M. Estaunié. Les deux romans, à cette distance, se rejoignent parce qu'ils contiennent l'un et l'autre, sous des formes et à des degrés divers, une critique assez acerbe de la compagnie de Jésus.

Le P. Abram, en son analyse, a laissé de côté maint passage agressif ou ironique contre les Acigniens, sur leur orgueil immense (*Euph.*, I, p. 72), sur leurs artifices pour attirer leurs élèves à la vie religieuse (*Euph.*, II, p. 166-167), sur leur amour de la domination et leur toute-puissance (*Euph.*, I, p. 54-55)[2].

Acignius certes est encore loin du P. Propiac; il n'apporte pas une égale maîtrise à « ce travail de choix sur les âmes d'élite[3] »; ses caresses sont moins insinuantes, sa psychologie moins délicate, son langage n'a pas non plus la même gravité

1. On trouve l'exposition de cette doctrine dans plusieurs passages de l'*Euphormion.* Voir en particulier, 2e partie, p. 172-173 et 223.

2. C'est un personnage rencontré par Percas et Euphormion qui, dans ce passage. fait en toute bonne foi un panégyrique des jésuites où se trouve impliquée la critique de leur ambition, et expose naïvement le danger qu'ils font courir aux rois.

3. Estaunié. L'*Empreinte*. (*Revue de Paris,* 1895, t. III, p. 448.)

persuasive. Mais nous le voyons, comme le P. Propiac, commencer, pour regagner le cœur de son ancien disciple, par flatter sa vanité[1]. D'autre part quelques traits de la grande scène entre le P. Propiac et Léonard Clan s'entrevoient déjà dans l'entretien d'Acignius avec Euphormion au moment où celui-ci se décide à fuir le noviciat :

« Je prends une résolution énergique et, maintenant plein
« de hardiesse, je vais m'évader par la porte la plus rapprochée ;
« je m'élance, mon âme est toute à l'audace, quand soudain Aci-
« gnius est devant moi ; sa physionomie est douce et paisible ; il
« passe, sans que je m'en aperçoive, son bras sous le mien et
« détourne vers lui mes regards et mon âme que possédait la
« colère. Il ne me demande pas la cause de ma confusion, mais
« m'interroge sur ma santé, etc.[2]. »

Comparez ces lignes de M. Estaunié (p. 89). « La main qui avait jusque-là retenu Léonard se faufila sous son bras. D'un mouvement imperceptible et léger, le père l'entraîna, etc. »

On pourrait multiplier ces rapprochements de détail tout fortuits.

---

1. *Euphormion*, 2ᵉ partie, p. 251. « *Itaque blandissime exeuntem demulsit, laudibusque in publicum effusis palpitantem animum periculosissima voluptate percussit*, sq. »
Cf. Estaunié, *ibid.*, p. 90. « Si j'en juge par le présent, Dieu vous offre les prémices d'un superbe avenir. »

2. *Euphormion*, 2ᵉ partie, p. 260.

II. — Les emprunts au « Satiricon » de Pétrone.

En étudiant l'analyse qu'a donnée le P. Abram de l'*Euphormion* de Jean Barclay, j'ai cherché à établir ce que ce roman satirique et allégorique peut nous apprendre sur la vie de l'auteur et notamment sur ses rapports avec la Compagnie de Jésus. Mais cette œuvre de jeunesse, touffue et prolixe, contient beaucoup d'autres éléments qu'une autobiographie. Barclay, avec l'entrain et la belle confiance de son âge, y a jeté les idées qui bouillonnaient dans son cerveau, les souvenirs classiques dont sa mémoire était pleine, ses jugements et ceux qu'il avait entendu exprimer sur les hommes et les choses de son temps. Il y redit en particulier ce que lui avait enseigné et suggéré son père, dont il avait embrassé avec passion les doctrines, les sympathies et les ressentiments. La première partie de l'*Euphormion* surtout manque de mesure, de goût, de proportion. Barclay lui-même reconnaît, dans son *Apologie*, qu'un trop vif désir d'arriver à la gloire l'a empêché de garder son écrit pour le soumettre à une censure plus sévère et y opérer d'indispensables retranchements[1].

Un des défauts de l'*Euphormion* qui nous choque le plus aujourd'hui, c'est l'érudition pédantesque, à la mode du xvie siècle, dont il est comme farci. En ces pages pullulent et s'accumulent les allusions aux fables les moins connues de la mythologie, à des faits de l'histoire ancienne et à des usages grecs ou latins. Nombreuses sont les réminiscences des écrivains de l'antiquité.

---

1. « .... Conatus præmaturos et cupiditatem famæ, quæ luxuriantem vitio annorum scriptionem novaculæ severiori non servavit. Nam in prima Satyrici parte etiam quotidie lituras facio. » (*Apologia Euphormionis*, pars III, p. 321, éd. de Hack. Leyde, 1674.)

Il n'y aurait pas grand intérêt à rechercher toutes les sources auxquelles Barclay a puisé pour la composition de cette œuvre. Cependant, comme il semble acquis qu'il a principalement imité Pétrone[1], il me paraît utile de déterminer avec plus de précision qu'on ne l'a fait jusqu'ici ce que l'*Euphormion* doit au *Satiricon* antique.

Tout d'abord, il lui emprunte son cadre même. Le *Satiricon* de Pétrone est le plus ancien roman sous forme de ménippée qui, du moins par fragments, soit parvenu jusqu'à nous. Or, le mélange de la prose et des vers qui caractérise ce genre de composition se retrouve dans l'*Euphormion* et se retrouvera plus tard dans l'*Argenis*.

Voici d'autres ressemblances : Euphormion, comme Encolpe chez Pétrone, fait lui-même le récit de ses aventures. Il se montre également très peu pressé d'arriver au dénouement. Il s'attarde volontiers, lui aussi, en des épisodes parasites et interrompt à tout propos sa narration par des développements en vers et en prose sur les thèmes les plus variés. Toutefois, les héros des deux romans diffèrent sensiblement par le caractère et par les mœurs. Encolpe est un déclassé plein d'esprit, mais sans l'ombre de moralité ni de pudeur. Euphormion nous laisse l'impression d'un personnage moyen, mais en somme plutôt sympathique, puisque Barclay y a mis plus ou moins de son père et de lui-même. Sa destinée, comme celle de Gil Blas, auquel il fait songer par certains côtés, a ses hauts et ses bas ; tout compte fait, malgré plusieurs accrocs à sa vertu, il se tire assez honorablement des nombreuses mésaventures que sa destinée le contraint à traverser.

---

1. Cf., entre autres, la préface de l'édition de Hack : « Euphormio... habuit prævios... *Petronium*, Apuleium... », et celle de l'*Argenis* (Hack, 1664) : « *Petronii...* æmulus ».

Moréri (Dictionnaire) : « S'étant formé sur le style de Pétrone, il acheva son *Satiricon.* »

L. Boucher. *De Joannis Barclaii Argenide*, 1874, p. 14 : « Petronii... ad exemplar Barclaius se informavit et vestigia longe secutus est. »

Dukas, *Étude bibliographique et littéraire sur le Satyricon de Jean Barclay.* Paris, Techener, 1880, p. 2 : « Barclay. . doit être rangé parmi les prosateurs au même titre que Pétrone, son modèle. »

Chez Barclay, en effet, comme chez Pétrone, c'est la fortune qui conduit l'action [1]. Il est vrai que le même rôle est attribué à cette capricieuse déité par tous les auteurs de romans d'aventures appartenant au genre *picaresque*, et c'est, à certains égards, dans cette catégorie que l'*Euphormion* doit être rangé.

M. V. Fournel pense même que l'œuvre de Jean Barclay est « bien certainement inspirée par les romans espagnols, où, en haine des grandes épopées chevaleresques, on racontait les aventures de quelque héros du commun [2] ». Mais cette assertion me semble très hasardée. Barclay, à la date où il écrivait l'*Euphormion*, n'aurait guère pu connaître que le *Lazarille de Tormès*, de Hurtado de Mendoza, ou le *Guzman d'Alfarache*, de Mateo Aleman [3], les plus anciens des romans *picaresques*.

Or, je n'ai pu saisir aucun lien entre son *Satiricon* et ces deux œuvres, en dehors de très vagues et très insignifiantes analogies.

Les sources de Jean Barclay sont latines. Il a pour principaux modèles Pétrone et Apulée. Mais son imitation est trop souvent dépourvue d'aisance, de goût et de sobriété. Il appuie, insiste et surcharge d'une érudition déplacée ce qui demandait à être noté d'un trait vif et précis. L'Estoile a beau vanter son style « terse, élégant et du tout pétronien [4] », on ne trouve que bien rarement dans l'*Euphormion* le tour alerte et léger et la fine ironie de Pétrone. De plus, tandis que celui-ci

---

1. *Euph.*: « terribilem fortunæ lusum qui me tota die versaverat », p. 71. Cf. Pétrone : « ... O lusum fortunæ mirabilem ! », ch. 18.

Euph.: « At vero nihil est diuturnum, quod sit extra fortunæ consilium », p. 78.

Euph.: « votoque ad fortunam facto, ut aliquando satiaretur meis malis », p. 187, etc., etc.

2. *La littérature indépendante et les écrivains oubliés au* xviie *siècle*. Paris, Didier, 1862, p. 218.

3. La première partie de *Guzman d'Alfarache* (Madrid, 1599) avait été traduite en français par Chappuis (Paris, 1600, in-12).

4. *Mémoires-journaux de Pierre de l'Estoile*. Paris, Librairie des bibliophiles. 1881, t. IX, p. 383.

Cf. *ibid.*, p. 324: « ... ce petit livret... docte, beau latin et tout Pétronique, et dans lequel il y a des vers aussi beaux et bien faits que j'en aie point veu de ce temps. »

excelle à prêter à chacun de ses personnages le langage qui convient à son caractère et à sa condition, chez Barclay, tous les personnages s'expriment de la même manière. Charles Sorel lui reproche justement de « faire parler un valet avec les termes d'un maître d'école qui sait l'histoire grecque et la latine[1] ».

Voyons ce qu'il a emprunté à Pétrone, pour les situations comme pour le style. Tout comme Encolpe, au début des fragments qui nous ont été conservés du *Satiricon* antique, Euphormion, au commencement du roman, débarque dans une ville étrangère et entre dans une salle où un professeur de droit fait son cours. Chez Pétrone, c'est un déclamateur que l'on va entendre. Puis le héros de Barclay se prend de querelle avec son hôtelier qui, trop étranger aux mœurs des montagnards écossais, lui réclame en espèces sonnantes le prix de son hospitalité. Ce morceau nous offre plusieurs expressions puisées chez Pétrone.

Ainsi :

Euph., p. 11 : « Quod reliquum noctis fuit cum non per somnum transigerem. » Cf. Pétrone, ch. 26 : « Sine metu reliquam exegimus noctem. »
Euph., p. 9 : « Gallico gelu frigidior metus etiam intimum calorem tentavit. » Cf. Pétrone, ch. 19 : « Ego autem frigidior hieme Gallica factus. »

Les persécutions que font endurer à Euphormion, devenu l'esclave de Callion, les serviteurs de son nouveau maître font penser aux agaceries irritantes dont Encolpe et Ascylte sont victimes chez Quartilla[2].

Euph., p. 12 : « Tribus mediastinis datur negotium, qui me, tum primum in somnum labentem... » Cf. Pétrone, ch. 22 : « Cum Ascyltos gravatus tot malis in somnum laberetur... », etc.

Le lieu commun de Percas sur les causes qui ont amené la décadence de la noblesse rappelle les déclamations sur divers

---

1. *Remarques sur le Berger extravagant.*
2. Pétrone, ch. 20-21.

sujets éparses dans le *Satiricon* de Pétrone. Des lambeaux de phrases s'y reconnaissent.

Ainsi :

Euph., p. 18 : « Sed neque te secretiori veritatis parte fraudabo. »

Pétrone, ch. 3 : - non fraudabo te arte secreta. »

Euph., p. 22 : « Non tuli diutius tam magnifice de Callione declamantem. »

Pétrone, ch. 3 : « Non est passus Agamemnon me diutius declamare »,
etc.

Et plus loin :

Euph., p. 26 : « et non perfunctorie cædere cœpi. »

Pétrone, ch. 11 : « et me cœpit non perfunctorie verberare. »

Ce dernier exemple nous fournit l'occasion d'une remarque plus générale. Parmi les *tournures* qui, fort rares chez les autres écrivains, sont au contraire familières au style de Pétrone, on a depuis longtemps signalé l'emploi, dans la narration, du verbe *cœpi* suivi de l'infinitif. Or, cette construction est une de celles que Barclay emploie le plus volontiers dans son récit et c'est sans aucun doute chez Pétrone qu'il l'a puisée. Je vais relever quelques-uns des passages de l'*Euphormion* où cette tournure se rencontre :

P. 14 : cœpit uberius flere.

P. 49 : huc illuc cœpit circumferre cervicem...

P. 61 : cœpique gravissime accusare perturbationem...

P. 63 : et Percantem quærere cœpi...

P. 64 : egoque audaciam fingere cœpi.

P. 66 : cœpitque a muliere quærere...

P. 68 : cujus rationem cum cœpissem reddere...

P. 79 : cum Fibullium credere cœpi ex magnatum more facere...

P. 101 : cœpit intueri...

P. 236 : cœpit matris familias in me benevolentiam habere suspectam,
etc., etc.

Mon intention n'est pas d'épuiser la liste ; mais on voit par ces exemples comment Barclay a souvent cherché à donner à son style la couleur du *Satiricon* antique.

Continuons à noter les épisodes des deux œuvres qui peuvent offrir certains traits de ressemblance.

Euphormion et Percas, chargés par Callion de porter à Fibullius un médicament merveilleux, traversent un pays désert et sont forcés par un orage de se réfugier dans une caverne. Ils y sont témoins des opérations magiques de la sorcière Hypogée, quelque peu parente de l'Œnothée de Pétrone [1], et qui, comme elle, exalte en une pièce de vers (p. 49) sa puissance à laquelle obéissent et la terre et le ciel. Mais la partie fantastique de l'*Euphormion*, d'ailleurs assez brève, paraît traitée plutôt sur le modèle d'Apulée. On y voit narrée une histoire de revenants. C'est le conte classique du soldat qui s'aventure à passer la nuit dans une maison hantée par des spectres. Sous ses yeux tombent du plafond les membres séparés d'un corps humain ; bientôt, ils se rejoignent pour constituer un géant contre lequel il lui faut combattre. Il remporte la victoire sur cet adversaire surnaturel et la maison est désormais délivrée des fantômes [2]. On ne saurait chercher ici un pendant aux contes de stryges et de loups-garous que Pétrone fait raconter par Trimalchion et par ses convives. Car la partie du *Satiricon* antique qui les contient n'était pas encore découverte au moment où écrivait Jean Barclay. Le fragment de Trau fut publié pour la première fois en 1664.

Pour peindre l'effroi dont Euphormion et Percas sont saisis à la vue des opérations magiques d'Hypogée et la fureur de la vieille sorcière, quand elle s'aperçoit de la présence de deux profanes, Barclay a encore recours à Pétrone :

Euph., p. 51 : « non constantia magis quam spiritus excidebat. »
Pétrone, ch. 19 : « tum vero excidit omnis constantia attonitis. »

---

1. Cf. *Pétrone*, ch. 134 sq.

2. Cf. dans les *Contes* des frères Grimm, celui qui est intitulé : Histoire de celui qui s'en alla à travers le monde pour apprendre à frissonner (Ach wenn mir's nur grüselte !), et Ch. Deulin : *Contes d'un buveur de bière*, Culotte-Verte, le Vainqueur du Lumçon.

Euph., p. 53 : « forte in nostram latebram contemplationem injecit. »
Pétrone, ch. 12 : « Ascyltos injecit contemplationem super umeros rustici, etc. »

Si l'épisode assez libre qui suit n'est pas sans une certaine analogie avec l'aventure de Polyænos et de Circé[1], il ne la rappelle cependant que par quelques expressions :

Euph., p. 54 : « ut non ante consurrexerit quam solidam voluptatem ferret. »
Pétrone, ch. 127 : « quærentes voluptatem robustam, etc. »

L'entrée de Quartilla, accompagnée de Pannychis[2], est sans doute présente à l'esprit de Barclay quand il nous montre une femme pénétrant, suivie d'un enfant, dans la chambre d'Euphormion :

Euph., p. 64 : « Sed postquam laxatis foribus evasit in cubiculum mul'er quædam cultu mediocri, unoque comitata puero. »
Pétrone, ch. 16 : « reclusæ... subito fores admiserunt intrantem. Mulier autem erat operto capite... » Ch. 17 : « intravit ipsu, una comitata virgine. »
Euph., p. 65 : « tunc soluti poplites corpus exanimum demisissent in terram. »
Pétrone, ch. 1 : « Nam succisi poplites membra non sustinent. »
Euph., p. 66 : « effusam in risum eam... et complosis manibus... »
Pétrone, ch. 18 : « Complosis deinde manibus, in tantum repente risum effusa est... »

Le palais de Labetrus (Albert, archiduc d'Autriche, gouverneur des Pays-Bas), d'une magnificence si bizarre, avec ses statues de marbre surmontées d'une tête de beurre dont tout venant peut, pour se régaler, couper un morceau, contient, comme le palais de Trimalchion, des tableaux exposés sur les murs d'un portique. Là se déroule aussi l'existence du maître du logis, représentée en ses phases principales. Sur l'une de ces peintures est figurée la Discorde, qui avait trou-

1. *Pétrone*, ch. 125 sq.
2. *Pétrone*, ch. 16.

blé les paisibles sujets de Labetrus. C'est l'occasion d'une pièce de vers sur cette funeste déesse (p. 84-85), où apparaissent d'évidents souvenirs du poème sur la guerre civile que Pétrone fait débiter par Eumolpe (chap. 119-124).

Ainsi :

Euph., vers 1 : Est locus Ausonias, etc.
Pétrone, vers 67 . Est locus exciso...
Euph., vers 16 :

> Illic et gemino quondam Discordia curru
> Extulit ad superos dubium caput. Omnia retro
> Abstulit astra timor, totusque expalluit æther.

Pétrone, vers 271 : Discordia...
> Extulit ad superos Stygium caput...
246 : Consensitque fugæ cœli timor..., etc.

L'entretien de Callion avec un homme docte du nom de Lucretius (p. 89 sq.) sur les causes du déclin de l'éloquence et sur la décadence générale des lettres et des sciences, n'est pas sans évoquer le souvenir des conversations qu'Encolpe tient sur des sujets identiques, d'abord avec Agamemnon (*Pétr.* ch. 1 à 5), puis avec Eumolpe (ch. 88). Non que l'on puisse constater, à part l'emprunt de quelques termes, une imitation directe, mais la donnée première de ces digressions est la même. C'est de part et d'autre une protestation véhémente contre les abus de l'éducation à la mode. Ces pages de Barclay sont curieuses ; les critiques très justes qu'il adresse à l'éducation de son temps et les saines théories pédagogiques qu'il expose mériteraient une étude particulière. Bornons-nous à relever les rares expressions que Pétrone lui a prêtées pour ce morceau :

Euph., p. 92 : « hoc *pestiferum sidus* illuxit, quo surgentes litteræ nondum adulta stirpe exaruerunt. »

Euph., p. 92 : « Pueri his magistris usi nihil aliud discebant *quam non sapere.* »

Pétrone, ch. 2 : « istæc... loquacitas... animos juvénum... veluti *pesti-* lenti quodam *sidere* afflavit. »

Pétrone, ch. 2 : « Qui inter hæc nutriuntur, non *magis sapere* possunt quam... »

Euph., p. 98 : « Verum in hac parte præceptores *peccant.* »

Pétrone, ch. 3 : « ... nimirum in his exercitationibus doctores *peccant.* »

Le personnage que Barclay fait parler si judicieusement a cependant un des travers d'Eumolpe, le poète ridicule dont Pétrone a tracé une fort plaisante caricature. Il est enclin à débiter ses poésies aux gens sans que nul l'en ait prié (p. 101) :

« Hic nonnihil cunctatus, ut rogaretur aliquos versus expromere, cum nemo id faceret, ipse sua sponte poema in hunc modum recitavit. »

Au reste, ses vers, comme ses discours, sont jugés un peu longuets par ses auditeurs ; ceux qui le peuvent s'éloignent à la sourdine :

Euph., p. 104 : « auditores aliquot, qui paulatim accesserant ad loquentis tergum, tandem se ab infinita oratione subduxerunt. »

C'est de la même manière que s'éclipsent Encolpe et Ascylte dans des circonstances analogues :

Pétrone, ch. 6 : « opportune subduxi me. »

Ch. 10 : « subduxisti te... a præceptoris colloquio. »

Notons encore, vers la fin de la première partie, une expression prise à Pétrone :

Euph., p. 132 : « Cum igitr poneremus consilium. »

Pétrone, ch. 115 : « Cum poneremus consilium. »

Le deuxième *Euphormion* nous présente un épisode romanesque où le *Satiricon* antique a été assez largement mis à contribution ; c'est celui des amours d'Euphormion avec une belle inconnue qui n'est autre, comme il l'apprend plus tard, que la femme de son ami Anémon. Barclay a cherché dans les chapitres de Pétrone qui racontent les aventures galantes de Circé et de Polyænos [1] un certain nombre d'expressions qui donnent à son style, en ces pages, un coloris plus vif.

Veut-il peindre la beauté merveilleuse de la femme dont son héros est épris, il dira·

Euph., p. 195 : « Cæterum quanto splendorem astrorum nitidior luna coercet, tantum eminebat divina omnino mulier... illa utique quæ mihi paulo ante in Fortunæ venerat templo. Nihil emendatius natura ea muliere expolivit, nec fata illi dignum amatorem invenerunt. ··

Non si Taurus amet, vel falsis increpet alis

Ipse deum genitor... »

Cf. *Pétrone*, ch. 126 : « mulierem omnibus simulacris emendatiorem, sq.

Juppiter...

Nunc erat a torva submittere cornua fronte,

Nunc pluma canos dissimulare tuos. »

Je note les autres rapprochements dans la suite du même épisode :

Euph., p. 226 : « Tunc vero omnis constantia attonitum defecit. »

Pétrone, ch. 19 : « Tunc vero excidit omnis constantia attonitis. »

Euph., p. 235 : « O si mihi non atrocius bellum Fortuna parasset, quam felix *miles virilibus armis certar·*   !

Pétrone, ch. 130 : « *paratus miles arma* non habui. »

Euph., p. 235 : « et me amore pulcherrimo ad satietatem explevi. »

Pétrone, ch. 131 : « usque ad satietatem osculis fruor. »

Euph., p. 236 : « Hæc et similia sæpe jactabam. »

Pétrone, ch. 114 : « dum hæc taliaque jactabam. »

Euph., *ibid.* : « Sed dum hæc inter amantes fabula luditur, et videtur Hymen removisse a flagitio vultum. »

Pétrone, ch. 95 : ... « dum hæc fabula inter amantes luditur. »

Ch. 125 : « putabamque a custodia mea removisse vultum Fortunam. »

Euph., *ibid.* : « cœpit matris familias in me benevolentiam habere suspectam. »

Pétrone, ch. 86 : « ne munus suspectam faceret humanitatem meam. »

Euph., p. 237 : « Igitur in eum locum me conjeci. »

Pétrone, ch. 9 : « in eumdem locum me conjeci. »

1. Ch. 126 sq.

Je glane encore dans ce second *Euphormion* quelques expressions tirées de Pétrone :

Euph., p. 189 : « Si non fastidis peregrini supplicis cultum. »

Pétrone, 127 : « Ne fastidias hominem peregrinum inter cultores admittere. »

Euph., p. 193 : « Ut tu, Olympio, hanc Casinam, sq., ... nec adsis molestus noctium arbiter... »

Pétrone, 109 : « ut tu, Tryphæna, neque... neque quæres ubi nocte dormiat. »

Euph., p. 194 :

« nec Junonem iratam habeas. »

Pétrone, 25 : « Junonem meam iratam habeam. »

Euph., p. 194 : « Casina conceptissimis juravit verbis. »

Pétrone, 113 : « Jurat Eumolpus verbis conceptissimis. »

Euph. p. 255 : « ad hæc verba Acignius non modico risu latera concussit. »

Pétrone, 20 : « non indecenti risu latera commovit. »

Euph., p. 257 : « Sed dum in hoc turbulenti sanguinis æstu incedo. »

Pétrone, 6 : « et dum in hoc dictorum æstu... incedo. »

En négligeant quelques développements très généraux qui présentent de légers rapports, peut-être accidentels, avec plusieurs lieux communs de Pétrone[1], je ne vois plus, dans cette deuxième partie, qu'un seul passage où l'on puisse encore soupçonner un souvenir du *Satiricon* ancien. C'est le début de la description du repas donné par Trifartitus. Notons d'abord que ce nom qui, d'après les clefs, désigne le landgrave duc de Leuchtenberg, semble bien fait sur le modèle de celui de *Trimalchion*[2]. *Ter farcitus*, trois fois bourré, ainsi mérite d'être baptisé l'amphitryon de cet interminable festin et de cette effrénée beuverie à la mode germanique.

Encore que, par son faste méthodique, ce repas puisse faire

---

1. Ainsi les vers de la page 179 sur la toute-puissance de l'or. Cf. *Pétrone*, ch. 14. M. Dukas (*op. cit.*, p. 12) a déjà signalé le caractère pétronien de l'invective d'Euphormion contre les faux amis (Ire partie, p. 120 sq.). Cf. Pétrone, ch. 80.

2. Voir l'appendice : *Les noms propres dans* l'Euphormion.

songer à celui de Trimalchion, on ne saisit pour le détail que de fort vagues analogies. Répétons au surplus que, du temps de Barclay, on ne possédait de l'important épisode de Trimalchion que de courts fragments. Il faut se borner à constater que, comme le *Satiricon* antique, l'*Euphormion* nous peint un repas ridicule.

Signalerai-je encore un caractère que Barclay a en commun avec Pétrone ? C'est le réalisme de ses descriptions lorsqu'il reproduit des scènes de la vie ordinaire. Mais la même observation s'appliquerait à tous les romans du genre *picaresque* [1].

En résumé, si le cadre très souple qu'il emprunte à Pétrone a été assez habilement utilisé par Barclay, s'il a su faire son profit de quelques situations et d'un certain nombre d'expressions, l'imitation directe et franche du *Satiricon* n'est pas chez lui très fréquente. Il s'en faut de beaucoup que Pétrone soit son modèle unique et constant. Mais peut-être est-ce au *Satiricon* qu'il doit dans ses meilleures pages une allure plus dégagée, une ironie plus fine, une latinité plus élégante [2].

1. L'*Euphormion* ne renferme qu'un petit nombre de passages risqués ou indécents. Le plus libre est l'épisode de la caverne qui a été indiqué. Lord Hailes (*Sketch of the life of John Barclay*) a cru devoir prendre à ce sujet la défense des mœurs de Barclay. Il met sur le compte de l'imitation de Pétrone ces quelques descriptions licencieuses. (Cité par David Irving : *Lives of Scotish writers*, p. 379.)

2. Je consacrerai une étude spéciale au style latin de Barclay, qui a trouvé de rigoureux censeurs. Il prête en effet à la critique, même parfois au point de vue de la stricte correction. Mais il a aussi de solides et sérieuses qualités.

APPENDICE

LES NOMS PROPRES DANS L' « EUPHORMION »

Il est à remarquer qu'aucun des noms des personnages qui figurent dans l'*Euphormion* n'est emprunté au *Satiricon* de Pétrone [1], bien que plusieurs soient puisés dans l'antiquité. Celui de *Casina* a été fourni à Barclay par Plaute, et celui d'*Amphiaraus* par Stace, dont il avait, comme on sait, publié la *Thébaïde* avec un commentaire. *Euphormio* peut être, comme le suppose Bugnot dans la préface de l'édition de Hack, un souvenir du *Phormio* de Térence [2]. Il trouve encore chez les Grecs et chez les Latins *Alexandria, Cæsar, Ilium, Juno, Theophrastus, Straton*, etc.

D'autres noms formés du grec ou du latin par Barclay ont pour la plupart un sens très clair : *Albagon*, le duc d'Albe ; *Anemon*, de ἄνεμος, vent, = léger, inconstant (de Bonville, selon les clefs ; de Bonneuil, d'après l'Estoile, *op. cit* [3]., ou encore Maule, fils de M. de Saussi (*ibid.*, p. 358, note 1) ; *Aquilius* (l'empereur Rodolphe), de *aquila*, aigle (impériale) ; *Archoropus* = qui exerce un pouvoir décisif, prépondérant, peut-être l'électeur de Brandebourg, d'après les clefs ; *Argyrostratus* (Spincla) = général qui dépense à la guerre beaucoup d'argent ; *Catharinus* (un puritain), de καθαρός, pur ; *Cursor* (la Varanne), equorum cursoriorum magister, disent les clefs ; *Despotikyrius* (le duc de Lerme ?), le serviteur qui commande à son maître ; *Doromisus* (appliqué par antiphrase à Sully) = celui qui hait les présents ; *Eleutheria* (la France) = la liberté ; *Gephyrius* (le pape) = le pontife, de γέφυρα, pont ; *Geragathus* = le bon vieillard ; *Hypogæa* (la sorcière) =

---

1. Quelqu'un a-t-il déjà relevé cette particularité que, parmi les noms grecs ou latins dont La Bruyère a fait usage pour ses portraits, plusieurs, et non des moins caractéristiques, paraissent avoir été pris dans Pétrone, ainsi : *Giton, Eumolpe, Chrysanthe, Ménophile ?* Joignez-y *Chrysippe, Mopse, Titus*, qui sont, il est vrai, beaucoup plus communs.

2. « Phormio quidem in comœdiis Terentii pro titulo et persona reperitur ; agit autem vices parasiti cujusdam garruli : quid si Euphormionem bonum parasitum (si qui bonus esse potest) dixero. Sed ad Græca malim recurrere, εὐφορμίζω, id est, canto, modulor, sq. »

3. Cf. Nic. Bourbon : « J. Barclay étant à Paris devint amoureux de la fille du feu président d'Espesses (propre sœur de M. d'Espesses, ambassadeur de Hollande, l'an 1626 ; elle fut mariée à M. de Bonœil, lequel, par dépit, il a appelé Anémon dans son *Euphormion*, à cause de cela. » (*Mémoires curieux*, 1637, Nat., m. fr. 9730, p. 8.)

qui vit *sous terre*, infernale ; *Pedo* = pied plat ; *Protagon* (Henri IV) = celui qui est au premier rang dans l'art de la guerre[1] ; *Neopalæus* (Juste-Lipse) = un ancien moderne ; *Tessaranactus* (Jacques Iᵉʳ) = qui règne sur quatre royaumes ; *Themistius* (Guillaume Barclay) = qui préside à la justice, jurisconsulte ; *Theophrastus* (Du Perron) = le divin parleur.

Nous rencontrons encore parmi les noms de pays : *Scolimorrhodia* (la Grande-Bretagne), *dont le sens a été précédemment expliqué* ; *Icoleon* (les Pays-Bas) = dont la valeur est pareille à celle du lion ; *Marcia* (Venise), la ville de saint Marc.

Une autre catégorie de noms propres consiste en de simples anagrammes. De ce nombre sont : *Acignius* (jésuite), pour *Ignacius*, *Charridotus* (Richardot) pour *Richardotus*, *Hippophilus* et *Liphippus* (Philippe II et Philippe III) pour *Philippus*, *Labetrus* (Albert, archiduc d'Autriche) pour *Albertus*, *Lisippus* (Juste-Lipse) pour *Lipsius*, *Sibronius* (Brisson, président du Parlement) pour *Brisonius*, *Vanarra* (la Navarre) pour *Navarra*. *Ægorus* ne conserve que la première syllabe du mot *Egmont*.

D'autres fois, Barclay traduit simplement en latin ou en grec le nom français : Potier devient *Figulus*, de Neuville (Villeroy) *Neapolitanus*, Jeannin *Janicularis*, Brûlart *Torrentius* (de *torreo*, brûler), le père Cotton *Leucus* (de λευχός, blanc). Dans ces traductions entrent l'à peu près et le calembour.

Le chancelier de Bellièvre est appelé *Longinus* par allusion à sa lenteur. « J. Barclay, écrit Nic. Bourbon, fit des vers sur le chancelier, M. de Bellièvre, qui tardait longtemps à mourir d'une maladie lente qui le consumait peu à peu. Il disait qu'il était aussi long à mourir comme il était long à dépêcher les affaires et qu'il avait le nez long. Vide Sylvas J. Barclaii (Londres, 1606). » [*Mémoires curieux*, p. 8.]

Il faut mettre à part quelques noms dont l'interprétation reste douteuse. On ne saisit pas bien pourquoi Barclay désigne la marquise de Verneuil par *Cleostrata*, Champvallon de Césy par *Olympio*, Maurice de Nassau par *Nearius*. Que veut dire *Callion*, si c'est réellement le duc de Lorraine qu'il faut reconnaître sous ce nom, qui est sans doute de pure fantaisie, ainsi que *Percas* ? Si dans *Lusinia* (l'Écosse), patrie de l'auteur, on peut à la rigueur trouver λύσις, délivrance, il est plus malaisé de découvrir une étymologie plausible à *Fibullius*, nom qui, selon le P. Abram, s'applique au cardinal de Lorraine.

Ajoutons que, de tous ces noms, seuls, *Aquilius*, *Hippophilus* et *Liphippus* reparaîtront dans l'*Argenis*.

---

1. Cf. *Apologie*, p. 315.

III. — LES PORTRAITS DES CONTEMPORAINS ET L'ACTUALITÉ.

La première partie de l'*Euphormion* contient en bien plus grand nombre que la seconde les lieux communs de satire générale. Parlant de cet essai qu'il écrivit à peine au sortir de l'adolescence, Barclay nous dit lui-même qu'il entreprit, avec une violence inoffensive, d'accuser l'univers entier, cherchant en cela plutôt sa propre gloire que le déshonneur d'autrui [1]. Médecins, courtisans, pédants, avocats, parvenus enrichis, alchimistes, professeurs de droit trop complaisants à délivrer des diplômes, sont tour à tour l'objet des railleries véhémentes du jeune Barclay. Dans cette première partie aussi il a multiplié les aventures, les épisodes romanesques ou réalistes, les scènes fantastiques, etc. Ce qui s'y rencontre d'historique ne dépasse guère le cercle des événements auxquels le père de l'auteur a été mêlé ; sous le voile de l'allégorie, ce sont les affaires de l'Université de Pont-à-Mousson qu'il nous raconte et les différends de Guillaume avec les Jésuites et avec Charles III sont pour lui tout à fait au premier plan. Son horizon ne s'étend pas encore bien loin.

Le second *Euphormion* nous montre au contraire un écrivain qui a déjà promené sur le monde un œil clairvoyant et sagace et que les événements du siècle préoccupent vivement. Il trace les portraits de divers rois et grands personnages contemporains, décrit des pays et des cités, peint la cour et la ville et n'hésite pas à donner son avis sur les questions politiques ou religieuses qui sont à l'ordre du jour.

En voyant la place qu'occupent en cette deuxième partie

---

1. « Accusare totum orbem institui insonti violentia, et plus in spem propriæ laudis, quam ignominiæ aliorum. » *Apologia* (éd. Hack, p. 289).

les allusions plus ou moins satiriques aux faits contemporains, on s'explique qu'elle ait soulevé un orage, tandis que la première partie avait été accueillie sans murmure [1].

Il peut n'être pas sans intérêt de rechercher, sous le déguisement antique dont Barclay les a revêtus, les personnages du temps, et de signaler les plus importantes parmi les questions d'actualité qu'il a traitées dans l'*Euphormion*. La voie nous est ouverte ici par M. Dukas qui cependant est loin d'avoir tout dit. Il y a aussi d'utiles renseignements à tirer des *Mémoires-Journaux* de Pierre de l'Estoile, où de copieux extraits de l'*Euphormion* sont accompagnés de quelques commentaires [2].

Parmi les groupes ou catégories sociales de personnes que visent les diatribes de Barclay, nous en retiendrons trois qu'il a attaqués avec vivacité : les médecins, les alchimistes et les jésuites.

Callion envoyant à Fibullius un remède pour le guérir de la pierre, lui écrit pour le conjurer de ne pas se fier aux médecins : « Prends garde à ces hommes cruels, prends garde à ces Scythes, à ces dignes élèves de l'empoisonneuse Médée. Et encore sont-ils pires qu'elle ; car ce n'est pas le seul Pélias qu'ils font périr, et ce n'est pas pour l'amour de Jason, mais pour celui de la Toison d'or qu'ils exercent leurs fureurs. Tu échapperas à tous ces empoisonneurs si tu bois sans crainte le breuvage salutaire que je prépare pour toi. Je sais que ces Machaons vont t'opposer de la résistance et fatiguer par des scrupules intempestifs ton esprit assez affaibli déjà par la maladie. Mais souviens-toi qu'ils gagnent plus à prolonger tes souffrances qu'à te soigner consciencieusement et qu'ils maudissent mon intervention : car elle va prouver qu'on peut trouver ailleurs la santé qui chez eux se vend [3]. »

Nous avons le portrait d'un de ces médecins qui soignent

---

1. Voir Barclay, *Apologia*, éd. Hack, p. 311. « Cum hæc moderatio tutum iter primis scriptis præstitisset, sq. » Cf. Dukas, *op. cit.*, p. 21.

2. Tome IX, p. 46, sq ; p. 328 sq. (Paris, Librairie des bibliophiles, 1881.)

3. *Euphormion*, I, p. 31, éd. Hack.

Fibullius. C'est Ambrax, de tous le plus dangereux. Voici sa manière de procéder. Comme il est profondément ignorant, il ramasse toutes les ordonnances médicales qu'il peut trouver dans les officines des pharmaciens et, rentré chez lui, les jette dans une urne. Quand on l'a consulté sur une maladie, il s'enferme, agite l'urne et tire au hasard une ordonnance qu'il prescrit. Quelquefois, ajoute Barclay, il tombait juste : si grands sont les caprices de la fortune ! Mais ce n'avait pas été le cas pour Fibullius, qui fût mort de son traitement si le breuvage de Callion n'était venu à temps le sauver [1].

Ces railleries contre la médecine ont irrité Gui Patin qui écrit à Charles Spon : « Je laisse là Neuhusius et Barclay, et les autres fous qui ont cherché à paraître en médisant de la plus innocente profession qui soit au monde [2]. »

M. A. Dupond rappelle à ce sujet une remarque faite par un critique à propos de Molière, à savoir que les malades se vengent volontiers, en se moquant d'elle, de l'impuissance de la médecine [3]. Or nous savons que Barclay était d'une mauvaise santé.

Il faut le louer d'avoir fait le procès à l'alchimie à une époque où elle comptait encore tant d'adeptes et de croyants. Avec le même bon sens et la même vigueur, il protestera dans l'*Argenis* [4] contre l'astrologie judiciaire dont le crédit était encore grand, meme auprès d'esprits cultivés. L'influence italienne lui avait récemment donné une nouvelle vogue. Ainsi Concini et sa femme consultaient sans cesse les devins et les astrologues [5].

C'est vers la fin du premier *Euphormion* [6] qu'est placé le récit de la rencontre du héros avec un alchimiste qui lui pro-

---

1. *Euphormion*, I, p. 74.
2. *Lettres*, éd. Réveillé-Parise, t. I, lettre 187, 12 septembre 1645. Il rend ailleurs justice à Barclay ; *ibid.*, t. II, lettre 209, 14 juin 1657.
3. L'*Argenis de Barclay*, thèse pour le doctorat. Paris, Thorin, 1875.
4. P. 198 sq., édit. Hack (1664).
5. Cf. Hanotaux, *Histoire du cardinal de Richelieu*, t. II, p. 189.
6. P. 139 sq.

pose de lui vendre à bas prix un gros lingot d'or et l'invite à dîner avec lui. La scène se passe à Alexandrie (Paris). Euphormion assiste aux opérations de l'alchimiste, qui lui expose les dangers et les difficultés de cet art que l'on diffame et lui explique comment, avec le mercure, il produit l'or. La pierre philosophale n'est autre en effet que le mercure, cet élément constitutif de tous les métaux, grâce auquel on peut transmuer les corps les uns en les autres.

Ébloui par l'éloquence de l'alchimiste, Euphormion lui achète pour un talent et demi des pierreries et des lames d'or, produits de son art. Puis il se rend à un pont tout bordé de boutiques d'orfèvres[1] et montre son trésor à l'un d'eux, qui se gausse de lui. Ces prétendues pierreries ne sont que des morceaux de verre. Un second orfèvre le prend pour un larron, un faux monnayeur. La foule s'assemble, les sergents se mêlent de l'affaire qui menace de finir assez mal pour le trop crédule Euphormion.

J'ai déjà eu l'occasion de citer plusieurs des passages où Barclay attaque les Jésuites. Il avait contre eux une rancune personnelle ravivée par le souvenir des démêlés de son père avec cet ordre puissant. En eux il combat aussi les plus vigoureux soutiens de l'ultramontanisme. On sait que cette doctrine n'avait pas rencontré d'adversaire plus résolu que Guillaume Barclay, l'ennemi des « *monarchomaques* », le défenseur de l'autorité royale contre les entreprises du pouvoir religieux. Le fils est imbu des principes de son père. Divers passages de l'*Euphormion* nous le prouveraient, à défaut d'autre témoignage.

Notons celui[2] où il reproche aux Acigniens (Jésuites) d'autoriser chez leurs élèves les propos les plus audacieux et les plus subversifs à l'endroit des princes, et de punir au con-

---

1. Le Pont-aux-Changes, selon Nau, le traducteur du premier *Euphormion* sous ce titre : *L'œil clairvoyant d'Euphormion dans les actions des hommes,* etc. Paris, chez Anthoine Estoct, 1626.

2. *Euph.*, II, p. 228.

traire comme un crime inexpiable la moindre parole contre
le Saint-Père.

L'*Index librorum prohibitorum*[1] nous renseignerait au besoin sur les pages de l'*Euphormion* qui ont dû particulièrement
déplaire aux Jésuites. On constate, en lisant l'énumération
des retranchements ordonnés, que bon nombre des passages
incriminés visent les Jésuites, leurs doctrines, leur enseignement, leur habileté à capter les âmes et leur casuistique[2].

Barclay, dans son *Apologie*, revient sur ces différents griefs.
En un morceau que l'*Index* signale également comme devant
être supprimé[3], il déclare qu'il s'est en somme montré assez
réservé dans ses critiques et que ses anciens maîtres ont tort
de se plaindre. On s'est demandé s'il a volontairement provo-
qué l'éclat d'une inimitié avec cette faction puissante, redou-
table à ceux mêmes de qui elle tient son pouvoir, experte dans
l'art d'enchaîner les âmes par l'intérêt ou par la crainte. Ou
bien est-ce un ressentiment personnel qui l'a mis aux prises
avec eux ? Une telle recherche est vaine. Cet écrit innocent
et gai ne porte aucune trace d'aigreur ou de colère. Il s'est
borné à reprocher, sans nulle injure, aux Jésuites l'espèce de
royauté qu'ils s'arrogent dans le domaine des lettres ainsi que
leur adresse à s'insinuer dans le secret des familles pour attirer dans leurs filets les jeunes gens de mérite. Il ne s'est pas
servi contre eux des armes que leurs ennemis tiennent toutes
prêtes. Les Jésuites, contre lesquels on articule des accusa-
tions autrement graves[4], feront donc bien de reconnaître la

---

1. Index librorum prohibitorum et expurgandorum novissimus pro catholicis Hispa-
niarum regnis Philippi IV de consilio supremi senatus inquisitionis generalis. Madrid,
Didaci Diaz, 1667, p. 698.

2. Cf., sur ce dernier point, *Euph.*, II, p. 255 : « Ad hæc verba Acignius non modico
risu latera concussit sq. »

3. *Apologia*, p. 298-308.

4. « *Atrocitatem majorum facinorum* submovi, quæ fama vel inimicorum acerbitas
adornat. » *Apologia*, p. 302.

Le continuateur de Barclay, Morisot, qui écrira une 5e partie de l'*Euphormion* sous
le titre : *Alitophili veritatis lacrymæ* (1re édit., 1625), se montrera autrement agressif
et violent contre les Jésuites. Il a attaqué en particulier leurs mœurs.

modération de Barclay. Celui-ci, de son côté, ranimera sans peine ce qui reste en son cœur de son ancienne affection pour eux. Cette réconciliation devait, nous l'avons dit, s'opérer plus tard. A Rome, l'auteur de l'*Euphormion* vivra en très bons termes avec la Compagnie de Jésus.

On a remarqué que, parmi les critiques qu'il lui adresse, il en est une d'ordre tout littéraire et pédagogique. Les Acigniens affichent la prétention de posséder seuls la connaissance des lettres et d'être les uniques dépositaires de la science : « Les Muses désormais n'ont plus d'autre sanctuaire que la demeure d'Acignius... Ailleurs qui est instruit? Quel esprit est poli, affiné par la véritable élégance? On pourrait dire que, en dehors des enceintes où enseigne Acignius, la barbarie règne seule et déshonore les Muses plutôt qu'elle ne les cultive [1]. » Barclay proteste avec énergie contre cette prétention. Il rend au contraire les Jésuites en grande partie responsables de la décadence des lettres. Il leur reproche leur goût peu sûr, l'abondance fastidieuse de leurs écrits théologiques et philosophiques, la médiocrité de leurs productions littéraires, de leurs tragédies que peuvent applaudir des écoliers, mais pour lesquelles l'impression est l'écueil. « Je voudrais qu'ils n'eussent pas laissé sortir de chez eux leur tragédie de *Crispus ;* nous n'aurions pas été forcés de savoir qu'ils ne sont pas plus heureux comme écrivains que comme juges de la poésie [2]. » Il tourne en ridicule leurs Académies, et leurs tableaux allégoriques, énigmes dont il s'agit de deviner le sens [3].

Il y aurait à déterminer aussi la part qui revient aux Jésuites dans le réquisitoire contre le système d'études alors en vigueur que Barclay place dans la bouche d'un homme docte

---

1. « Musis jam non est aliud sacrarium, præter Acignii domum... Quis alibi doctus ? quis limata veraque elegantia cultus ? Diceres barbariem ubique extra Acignii pomœria esse, et incestare magis Musas quam colere. » *Euph.*, I, p. 59.

2. « Vellem et Crispum tragœdiam tenuissent, ne scire cogeremur eos non infelicius scribere quam agnoscere versus. » *Apologia,* p. 301, éd. Hack.

La tragédie de *Crispus,* œuvre de Bernardinus Stephonius, fut représentée en 1597. Voir la note de Bugnot.

3. *Euph.* II, p. 288.

appelé Lucretius[1]. Celui-ci condamne d'abord l'érudition excessive qui sévissait dans les écoles. La science de l'antiquité, selon lui, ne peut et ne doit être qu'une préparation à la connaissance de la vie actuelle. Avec non moins de justesse il fait le procès du cicéronianisme et du purisme, combat le surmenage et trace un plan d'études large et libéral. Sur le programme des auteurs à expliquer on est un peu surpris de voir figurer Pétrone.

Après avoir résumé les principales critiques adressées par Barclay aux Jésuites, il convient de reconnaître qu'il ne ménage pas non plus à l'occasion la papauté ni les membres du haut clergé. Il fait prononcer par Théophraste (le cardinal Du Perron)[2] une censure très sévère des mœurs, de la paresse et de l'ignorance des évêques ou cardinaux contemporains[3].

Le puritanisme n'est pas non plus épargné. Le personnage du vieux Catharinus (le ministre puritain) qui le symbolise ici est évidemment poussé à la caricature[4], avec son exagération de rigorisme, ses sermons austères et sa complaisante faiblesse pour sa jeune et jolie épouse[5].

Barclay ne nous laisse d'ailleurs aucun doute sur ses intentions quand, dans un morceau inspiré d'un sage esprit de tolérance, il réprouve les excès de zèle des ministres des diverses religions[6].

---

1. *Euph.* I, p. 90 sq.

2. Selon l'Estoile (*op. cit.*, t. IX, p. 356), d'autres ont voulu voir, dans Théophraste, Cospéan, évêque d'Aire. C'était l'avis de Tourval, « grand ami de l'auteur et trucheman de la langue anglaise ». Cf. pour Cospéan la note 1 de la page 70.

3. *Euph.*, II, p. 221.

4. M. Dukas (*op. cit.*, p. 20) fait observer que cette satire ne pouvait être qu'agréable au gouvernement de Jacques Ier, plus dur aux puritains qu'aux catholiques.

5. « S'ensuit après la consolation de la femme du Puritain, qui, avec ses doux baisers, essuie les larmes de son mari, et invite au souper ses hostes, tourne le deuil qu'ils avoient conceu de la harangue du Puritain en joye et leurs larmes en celles du vin, ris, et toute sorte de bonne chère ». L'Estoile, *op. cit.*, t. IX, p. 382. Après le repas, le Puritain allume sa pipe, ce qui inspire à Euphormion une invective en prose et en vers contre le tabac. Elle dut, dit M. Dukas (*op. cit.*, p. 20), plaire particuliérement au roi Jacques Ier, qui a écrit contre la fumée du tabac un pamphlet sous ce titre : *Misocapnos*.

6. *Euph.*, II, p. 283.

Nous passons maintenant des généralités satiriques collectives aux personnalités. Quels sont, parmi ses contemporains, ceux dont Barclay nous présente le portrait ou, parfois, la charge ? Vraiment on a grand'peine à retrouver, si l'on adopte l'interprétation du P. Abram, Charles III et son fils le cardinal de Lorraine dans Callion et dans Fibullius. Les allusions, que les contemporains ont pu saisir, nous échappent aujourd'hui : tout au plus, peut-on penser, en lisant les pages où est raillé l'orgueil de Callion, oublieux de sa modeste origine [1], aux prétentions que le duc de Lorraine songea à faire valoir quand la mort de Henri III eut laissé vacant le trône de France [2].

Mais voici des physionomies plus reconnaissables. Barclay n'a guère que des éloges pour les souverains dont il a reçu ou attend des honneurs ou des pensions.

Vient-on à parler de Protagon (Henri IV) : « Aucun siècle, fait-il dire par un de ses personnages, n'a égalé son génie : il ne commande pas seulement à la fortune, mais au courage ; quoi qu'il fasse ou quoi qu'il médite, nous, les Eleuthériens (les Français), nous sommes en adoration devant lui et jamais les destins n'ont laissé venir jusqu'à nous quelqu'un qui fût plus semblable aux dieux [3]. » L'*Apologie* [4] contient un nouveau panégyrique de Henri IV et exprime la douleur qu'a ressentie Barclay de la mort d'un si grand roi. Il ne croit même pas avoir à s'excuser s'il a mêlé le vert-galant à une histoire facétieuse et libre [5] qui est de notoriété publique. Henri IV n'a pu que s'en divertir [6].

---

1. *Euph.*, I, p. 20 sq.

2. « Je ne serais pas surpris, dit M. Dukas (*op. cit.*, p. 25), que Callion fût simplement quelque favori puissant du duc Charles III. »

3. *Euph.*, II, p. 185, cf. p. 177.

4. P. 314.

5. L'épisode d'Olympion et de Casina, dont il sera question plus loin.

6. C'est encore Henri IV qui est désigné par ces lignes du premier *Euphormion* (p. 17) : « Is enim hodie Princeps est qui Requiem non tantum orbis sui medio, sed et Metis indulsit. » Sur *Metis* il y a un jeu de mots : *Metis* signifiant à la fois : les

Pour le roi d'Angleterre Jacques Ier, l'éloge va jusqu'à l'hyperbole. C'est en vers débordant de lyrisme qu'il célèbre la grandeur, la splendeur de Tessaranacte. Il le compare au soleil, tout simplement[1].

> Nec tu sole minor, quo se genitore superbus
> Jactavit Phaethon. Tu nobis Phœbus Apollo,
> Tu radiis Titan, tu messibus alter Osiris, sq.[2]

Déjà quelques traits satiriques se mêlent à l'esquisse que dessine Barclay de l'archiduc Albert d'Autriche (*Labetrus*), gouverneur des Pays-Bas. Il peint, non sans ironie, l'ostentation de sa libéralité, le luxe de son palais d'Ostende (*Ilium*), sa prétention de faire remonter sa noblesse à un des compagnons d'Énée, la passion qu'il affecte pour les arts et les lettres et qu'attestent les savants dont il s'entoure ainsi qu'une galerie pleine d'antiquités rapportées d'Italie[3].

Dans *Trifartitus* les contemporains reconnurent aisément le landgrave Georges duc de Leuchtenberg. Son signalement physique est exact : « C'était un homme très gras, à la face rubiconde et qui montrait une tête à moitié dénudée par la calvitie[4]. » Mais le portrait de prince le plus développé et en même temps le plus ressemblant, malgré les surcharges caricaturales, est celui de l'empereur Rodolphe II (*Aquilius*). « Dans la plupart de ses traits, dit M. Dukas[5], il est rigoureusement conforme à l'histoire. Aquilius est célibataire, rare exception chez les souverains ; rêvant à la pierre philosophale[6], il vit

bornes, les extrémités et la ville de Metz. Or, en 1609, date de la composition du premier *Euphormion*, Henri IV avait rendu le calme à la ville de Metz en retirant le commandement de cette ville au lieutenant du duc d'Épernon qui y avait excité des troubles.

1. *Euph.*, II, p. 285.

2. Cf. aussi l'éloge de Jacques Ier, *Apologia*, p. 312 sq.

3. *Euph.*, I, p. 79 sq.

4. *Euph.*, II, p. 263. « Pinguissimus homo, vultuque regii coloris, et seminudum calvitie caput ostentans. »

5. *Op. cit.*, p. 18.

6. Barclay décrit (*Euph.*, II, p. 269) les fourneaux et les instruments de sa soufflerie..... « fornaculas..... vitrea ac argentea vasa, sq. »

dans la retraite et dans un mutisme dont il ne sort que pour s'introduire, avec quelque savant, quelque artiste ou quelque alchimiste, au milieu de ses collections d'instruments astronomiques et d'objets d'art[1]. De plus, Barclay nous a laissé une demi-page de confidences, qu'un ami à portée de bien voir lui aura faites tout bas, et qui ne semblent pas moins vraies que le reste, concernant la vie tout à fait intime d'un prince à l'imagination déréglée, mais qui eut après tout le mérite de favoriser Tycho Brahé et le grand Keppler. On ne peut guère répéter qu'en latin la description de la galerie de tableaux où il emmagasinait le produit de ses recherches sur la beauté féminine absolue[2]. »

Parmi les reines, Barclay n'a un souvenir que pour une seule, Marguerite de Valois, fille de Henri II, première femme de Henri IV qui fit annuler son mariage en 1599. Exilée en Auvergne, prisonnière au château d'Usson, elle y avait passé dix-huit années. Elle venait de rentrer à Paris au moment où Barclay composait son second *Euphormion* (1605). Sensible à la longue infortune de « cette Marguerite, pleine de vices et pleine de charmes, dernière fleur de la race épuisée des Valois[3] », il lui prête des vers assez touchants sur sa déplorable destinée[4] : c'est en ces termes qu'elle salue le Louvre qui l'a vue naître[5] :

« O patrie, ô palais, ô chère demeure de mes parents, où mon aïeul, où mon père, où mes trois frères l'un après l'autre ont porté le sceptre, ô palais, me reconnais-tu ? Je suis celle dont tu as été le berceau si cher, celle que tu as été fier de voir grandir dans tout l'éclat de la pompe royale, quand, plus

1. Cf. J. C. von Pfister. *Geschichte der Teutschen*. Hambourg, 1829-1835, t. IV, p. 885.

2. « Libertatem amorum conjugio præponit », sq. *Euph.*, II, p. 266.

3. Hanotaux, *Histoire de Richelieu*, t. I, p. 51.

4. Il est vraisemblable que Barclay, toujours en quête de protecteurs, adressa ces vers à la reine Marguerite, qui parlait et entendait le latin. On sait qu'elle aimait la poésie et les poètes.

5. *Euphormion*, II, p. 214.

— 63 —

noble et plus majestueuse que les déesses, effaçant par ma
beauté, la splendeur des astres, j'étais l'objet de l'ambitieuse
espérance de deux prétendants[1]. Aujourd'hui, épouse veuve et
n'ayant plus qu'un vain nom de reine, je quitte les rochers
nus et la lointaine montagne où j'étais captive. Mais ici encore la fortune cruelle me prépare des causes de douleur;
elle m'oblige à honorer celle qui m'a succédé et cet enfant qui
aurait dû naître de moi[2]. Toute résistance est désormais im-
possible. Depuis longtemps ce qui m'a condamnée au malheur,
ce qui m'a rendue coupable, c'est d'avoir lutté contre un
époux tel que lui. Je veux maintenant obéir aux dieux, aller
du côté où est la fortune et souscrire au destin. O douleur !
Ainsi j'ai pu courber mon front vaincu, supplier ceux que j'ai
dédaignés[3] ! Non, ne me croyez plus vivante ; il y a longtemps
que je suis morte, que je me survis à moi-même. Ou plutôt
ma vie n'est qu'une longue mort. C'est ainsi qu'il convient
que je disparaisse de ce monde, moi, la dernière des *Valois*,
qui vais ensevelir avec moi dans le *tombeau* un nom illustre
pendant tant de siècles[4]. »

Marguerite devait mourir en 1615.

1. Henri de Guise et Henri de Navarre.

2. Marie de Médicis et Louis XIII.

3. « Autrefois elle avait dédaigné Henri, ayant beaucoup plus d'inclination pour
Guise ». Note de l'*Epigrammatum delectus ex omnibus..... poetis..... decerptus*, Paris,
Savreux, 1659, où cette pièce est reproduite, p. 396.

4. M. l'abbé Ch. Urbain (*A propos de J. de Barclay*. Bulletin du bibliophile, 1891,
p. 329) cite cette pièce d'après un manuscrit de la Bibliothèque nationale, où elle
est intitulée :

In reditum Reginæ Margaritæ in Gallias, 1605 (Nation. fr. 25, 560, f° 58).

Je relève quelques différences avec le texte de l'*Euphormion* :

Euph., v. 8 .	Mene o agnoscitis arces ?
Manuscrit . .	Men' o cur nescitis arces ?
Euph., v. 13.	Debuit esse puer. Nec jam contendere promptum.
Manuscrit . .	Debuit esse puer : sed nec contendere promptum.
Euph., v. 14. .	..... fecitque nocentem Cum tali certasse viro. Jam credere divis Felicesque sequi juvat, et subscribere fato.
Manuscrit . .	..... fecitque nocentem Prosperior fortuna viri ; nunc cedere divis Adversoque juvat miseram subscribere fato.
Euph., v. 19.	Jam dudum perii, jam dudum extincta supersum.
Manuscrit . .	Jam mea non unum consumpsit stamina lethum.

L'Estoile (*op. cit.*, t. II, *Recueils divers*, p. 204) donne une traduction en vers fran-

Après les souverains, les ministres. Il en est qui sont simplement nommés comme Potier (*Figulus*), le président Jeannin (*Janicularis*), Villeroi, seigneur de Neuville (*Neapolitanus*), Brûlart (*Torrentius*), etc. Il en est d'autres dont on ne fait qu'entrevoir la silhouette rapide, comme Robert Cecil (*Amphiaraus*), auquel est dédié le second *Euphormion* : « A personne Tessaranacte n'est uni d'une p⸍us intime affection ; pour aucun des dieux il n'aurait pu naître p⸍us à propos ; dans le ciel Jupiter n'a pas en Mercure son égal[1]. »

Le portrait le plus développé est celui de Sully, appelé par antiphrase *Doromisus*, l'ennemi des présents. On démêle aisément, au milieu des allégories et sous ce travestissement antique, qu'il faut toujours écarter d'abord quand on lit l'*Euphormion*, certains traits de la physionomie du grand ministre. Il est un des prêtres du temple de la Fortune, le plus puissant. Nul ne peut réussir que celui que la déesse a, par son intermédiaire, désigné à Protagon. Euphormion[2] entre dans le sanctuaire de la Fortune et lui adresse une ardente prière, puis se rend au palais de Doromisus, où l'on reconnaît l'Arsenal. Il se mêle à la foule des solliciteurs qui encombrent l'antichambre[3]. Avec un petit nombre de personnes il est enfin introduit auprès du ministre : « Celui-ci, très simplement vêtu, se promenait dans une vaste salle avec un air de majesté passablement farouche[4]. » Un des quémandeurs, jeune homme d'une mise très élégante, prend la précaution d'appuyer sa demande de l'offre d'un riche présent : c'est une statue de Protagon se dressant sur un socle d'or : « Jamais Doromisus,

---

çais de cette pièce par un poète dont il ne nous fait connaître que les initiales, P. D. M. F. Elle commence ainsi :

> O pays ! ô palais, doulx séjour de mes pères,
> Où mon ayeul, mon père, et trois rois, mes trois frères, etc.

1. *Euphormion*, II, p. 285.

2. P. 188 sq.

3. « Plurimi mecum in atrio erant et Doromisum cum libellulis exspectabant », p. 208.

4. « Ille in communi veste erat, et per triclinii spatia satis truci majestate ferebatur. »

comme je le compris ensuite, ne se montra plus aimable. Il
tendit aussitôt la main au jeune homme, le félicita sur son
mérite, sur son esprit, sur ses autres qualités qu'il avait toutes
lues dans l'or qui lui était offert. Appelant son secrétaire, il
fait immédiatement rédiger les pièces qui donnent au sollici-
teur un sacerdoce et une charge de juge[1]. »

Quand le tour d'Euphormion est venu, il ne peut invoquer
que son titre de serviteur des Muses et d'Apollon, dont il pra-
tique l'art. Mais, à ce mot d'art, Doromisus l'introduit dans
une galerie voisine où sont représentés les instruments de tous
les métiers : marteaux, enclumes, fils à plomb, ciseaux, pin-
ceaux, bêches, etc. Lequel de ces arts est le tien, demande-t-il
à Euphormion ? Et comme celui-ci proteste qu'il n'a rien de
commun avec les artisans, que la haute culture de son esprit
l'élève au-dessus des travaux manuels, Doromisus se met à
rire : « Me prends-tu, lui dit-il, pour un maître d'école ? » Et il
le congédie sur-le-champ[2].

On peut se demander si, lors de son séjour à Paris en 1605,
Barclay n'aurait pas en effet sollicité Sully, et si l'insuccès de
sa demande n'aurait pas été une des raisons déterminantes de
son départ pour l'Angleterre[3]. Quoi qu'il en soit de cette hypo-
thèse, Barclay, tout en rendant justice à l'activité du grand
ministre, à sa passion pour les arts utiles, n'en fait pas moins
clairement entendre qu'il était homme à se laisser corrompre.

Plus tard, dans son *Apologie*[4], il protestera contre la signi-
fication ironique qu'on a prêtée au mot : *Doromisus*. C'était,
au contraire, dans sa pensée, un éloge de l'intégrité de celui
qu'il désignait ainsi. Sur ce point il ne dut convaincre personne. Il n'était pas le seul, d'ailleurs, à avoir larcé de
pareilles insinuations[5].

1. P. 209.
2. P. 210-211.
3. Cette déception expliquerait la véhémence de son imprécation contre la France
(p. 211), dont il parlera toujours avec tant de sympathie dans ses autres ouvrages.
4. P. 316.
5. Cf. *Aventures du seigneur Giustiniani, grand seigneur italien à travers l'Europe.
1606*. Relation mise en français et annotée par E. Rodocanachi, Paris, Flammarion,

Si l'*Euphormion* nous offre d'assez fréquents portraits de personnes, Barclay y prétend beaucoup plus rarement à l'art avec lequel, plus tard, dans l'*Icon Animorum*, il peindra le caractère des diverses nations. On pourrait cependant déjà noter un certain nombre de traits satiriques à l'adresse des Vénitiens, par exemple[1], ou des Allemands. Ceux-ci nous sont représentés comme de gros mangeurs et des buveurs intrépides. On peut en juger par la scène d'ivresse dont Euphormion est témoin au repas où l'a convié Trifartitus[2].

Barclay se révèle aussi assez habile peintre de mœurs dans le tableau qu'il esquisse de la cour de France ; tableau peu flatté, il est vrai. Nous avons vu ce qu'il pense de l'intégrité des ministres, de la moralité du haut clergé ; il n'a pas non plus de la vertu des femmes ni de celle des maris une idée bien haute. Un des épisodes les plus risqués du second *Euphormion*, le récit du mariage d'Olympion et de Casina, n'est que la reproduction d'un fait réel[3]. Jacqueline de Bueil, comtesse de Moret, dont Henri IV voulait faire sa maîtresse, fut mariée pour la forme, « en figure », dit Tallemant, à M. de Césy, « homme bien fait et qui parlait agréablement, mais qui avait mangé tout son bien[4] ». Ce scandaleux époux[5] consentit à

p. 217. — « Dès le lendemain, le marquis alla se présenter chez le duc de Sully ; mais il était en conseil. Beaucoup de dames, des quémandeuses apparemment, qui savaient que son intégrité fameuse n'était pas à l'épreuve d'un sourire ou d'une offre, sortaient de son hôtel, entre autres la fille du connétable de Lesdiguières qui passait pour la plus belle femme de Paris. »

L'Estoile (*op. cit.*, t. IX, p. 162), feuilletant son Tacite, y retrouve le nom et la fortune de Sully exprimés ainsi au IVᵉ livre des *Annales* : « *Suillium* vidit sequens ætas præpotentem, *venalem*, et Claudii principis amicitia diu prospere, nunquam bene usum. »

1. L'Estoile (*op. cit.*, t. IX, p. 349). « Il y a..... une gentille description de la ville de Venise..... mais..... encore une plus gentille de ces Messers de Venise, allans au marché et en apportans leurs provisions dans la manche de leurs grandes robbes, avec leurs bonnets de demie crouste de pasté sur leur teste, etc. »

2. *Euphormion*, II, p. 273-275. Cf. Rodocanachi, *op. cit.*, p. 73.

3. Ce rapprochement est fait dans une note de l'édition de Tallemant des Réaux par Monmerqué, Paris, Garnier, t. Iᵉʳ, p. 167, ch. XIV. *La comtesse de Moret. M. de Césy*. Cf. L'Estoile. *op. cit.*, t. IX, p. 353 sq.

4. Tallemant des Réaux, *ibid.*

5. *Euphormion*, p. 198. « Ut tu Olympio hanc Casinam conjugem tuam nec attigeris, nec osculum retuleris, nisi peregre proficiscens. »

Ce fait est placé à la date du 5 octobre 1604 dans le Journal de l'Estoile. En revenant à Paris en 1605, Barclay dut en trouver le souvenir encore très vif.

céder au roi *tous* ses droits et accepta les conditions qu'en termes fort libres Barclay énonce par la bouche du prêtre qui préside à la célébration de cet étrange hymen [1].

Un autre croquis, d'un genre différent, semble aussi pris sur la réalité ; c'est celui de l'audience du Châtelet (*Arcula*), où le prince des fous, en costume de théâtre, la face vermillonnée, coiffé d'un capuchon vert, défend sa cause devant un auditoire prodigieusement amusé [2]. Il y a sans doute ici le souvenir du procès que le bouffon Angoulevent [3], prince de la sotie, valet de chambre de Henri IV, eut à soutenir contre les comédiens de l'Hôtel de Bourgogne. Ce procès ayant commencé en 1603, Barclay, lors de son premier passage à Paris, put assister à une des audiences qu'il relate dans le premier *Euphormion* paru cette même année.

Je citerai, enfin, un récit qui, sans viser un événement particulier, semble bien aussi porter sa date et qui (mérite rare dans ce roman allégorique) ranime un peu pour nous la physionomie du passé. Barclay raconte une rixe nocturne dans une rue de Paris. Euphormion a suivi Anémon qu'accompagnent trois valets et quelques musiciens. Ils s'en vont par la ville déserte sur laquelle les ténèbres peu à peu se sont épaissies. De temps à autre, arrêtés devant une porte, ils y donnent une sérénade [4].

« Comme nous traversions un carrefour, soudain une bande

---

1. L'Estoile (*op. cit.*, t. XI, *Recueils divers*, p. 284) donne sous le titre : *Mesdisance*, des vers assez plaisants mais fort lestes qui coururent sur M. de Césy :

> Dès le jour de vos espousailles
> Vous allastes en Cornouailles,
> Chézy, ne faites pas le fier ! etc.

Il est très probable qu'il y a encore une allusion aux amours de Henri IV avec la comtesse de Moret dans ce passage de l'*Euphormion* où, décrivant une des peintures qui ornent le palais d'Aquilius, Barclay dit : « Fingebatur autem (Protagon = Henri IV) aliquid scribere in *Moreto*, quasi non satis antiquissimus poeta absolvisset hoc carmen. » (II, p. 269.) Ce genre de jeux de mots n'est pas, nous l'avons vu, étranger à notre auteur.

2. *Euphormion*, I, p. 147.

3. De son vrai nom Nicolas Joubert.

4. *Euphormion*, II, p. 205 sq.

de détrousseurs nocturnes se jettent à l'improviste sur nos serviteurs d'abord, puis, poussés par l'espoir du butin, nous en-
veloppent bientôt dans le tumulte de cette guerre. Le hasard
fit que la rage de leurs attaques tomba d'abord sur nos luths
qu'ils mettent outrageusement en pièces et dispersent de ci
de là avec la barbarie des Thraces, puis ils se ruent à la face
des musiciens. Nous accourons à leurs cris qui nous implorent,
et roulant notre manteau autour de notre main gauche, nous
nous apprêtons à ce combat dans les ténèbres.

« Les bandits étaient armés de longues lances garnies d'une
pointe de fer à chaque bout. Nous n'avions que de courtes
épées, et, à ce qu'il me semblait, une audace moindre. Leurs
coups redoublés avaient éteint les flambeaux, et dans l'obscu-
rité de la nuit ils nous harcelaient avec une scélératesse plus
assurée. Déjà, épuisé par quelques coups, Anémon cherchait
un chemin par où fuir. Il m'abandonnait cruellement à mon
ignorance des rues de cette cité, quand une compagnie de
soldats du guet qui veillaient dans diverses parties de la ville,
armés contre les assassins et les larrons, entoure les deux
troupes comme on cerne le gibier dans des filets. Mais les bandits, qui souvent dans des chasses de ce genre avaient pu s'es-
quiver, cette fois encore échappèrent, je ne sais par quelle ruse,
aux mains de ceux qui les enveloppaient. Pour moi, pris avec
Anémon, les serviteurs et toute la symphonie, je ne me figu-
rais pas être tombé entre les mains de citoyens, mais avoir
seulement changé de bandits. Car ceux-ci nous maltraitaient
avec non moins de violence, nous prenant pour des vagabonds
et des voleurs. »

Anémon est obligé de se faire reconnaître. Par bonheur,
parmi les hommes du guet se trouvaient deux ouvriers maçons
qui travaillaient à son palais. Mais ils le dévisagent avec tant
de précipitation que leurs torches lui brûlent la barbe, cette
barbe « si bien parfumée et musquée, et tous ses fards, on-
guents et testonneries[1] ».

1. L'Estoile, *op. cit.*, t. IX, p. 360.

Il nous reste à parler de certaines pages de l'*Euphormion* où se manifeste davantage encore le souci de l'actualité. Ce sont celles où Barclay entretient ses lecteurs de diverses questions politiques dont se préoccupait l'opinion publique. Elles feraient aujourd'hui la matière de Premiers-Paris ou d'articles de revues.

Un conflit avait éclaté à Venise entre la République et le pape, qui avait lancé con re elle l'interdit (27 avril 1606). Le Sénat avait résisté aux *prétentions* de Paul V, qui essayait de briser les barrières opposées par l'autorité laïque à l'autorité pontificale dans les rapports de l'Église et de l'État. La République venait de chasser du territoire vénitien les jésuites, les capucins et les théatins. La guerre devenait menaçante quand Henri IV interposa sa médiation et calma le différend.

Barclay consacre plusieurs pages[1] à ces affaires de Venise qui ne devaient avoir leur solution définitive qu'en 1607, année où est imprimé le second *Euphormion*. Il condamne l'ambition croissante du souverain pontife qui prétend régler à son gré la destinée des royaumes, fait allusion aux polémiques soutenues contre le cardinal Bellarmin par Fra Paolo Sarpi, dont il partage les doctrines gallicanes, et paraît croire que le pape n'est pas étranger à l'attentat dont celui-ci fut victime[2]. On sait que le célèbre pamphlétaire et historien vénitien[3] avait été blessé par des assassins envoyés, dit-on, par le cardinal Borghèse, neveu du pape Paul V. Barclay signale ensuite les

1. *Euphormion*, II, p. 173-177.

2. *Euphormion*, II, p. 262 : « *Acignius*..... difficilius amolietur invidiam, quam vulnus Paulianum Gephyrius excusat. »
La cour de Rome s'émut des attaques de Barclay. Toutes les copies de l'*Euphormion*, imprimé nouvellement à Paris, écrit L'Estoile en février 1608, ont été saisies « à la requeste mesme du nonce du Pape, duquel la Sainteté est plaisamment pasquillée en plusieurs endroits ». *Op. cit.*, t. IX, p. 46. Cf. *Épitres françaises à M. de la Scala*, 1624, lettre de Gillot à Scaliger : « On nous a privés d'une satyre nouvelle d'*Euphormionis*, IIe part., fort gentille et belle, à ce que l'on m'a dit..... On l'a arrêtée sur la presse, la première feuille et la fin n'y sont pas. » Paris, 31 janvier (1608).

3. Dans la suite, Barclay se liera avec Fra Paolo Sarpi et entretiendra avec lui une correspondance.

dangers que court la papauté et rappelle les pertes qu'elle a déjà subies. Le protestantisme a conquis la Grande-Bretagne, l'Allemagne, une partie de la France. Va-t-il pénétrer dans l'Italie elle-même? Venise, en effet, était sur le point d'appeler à son aide les puissances protestantes. Heureusement, ajoute-t-il, la République est ennemie de la guerre, le pape regrette de se voir réduit à la nécessité de recourir aux armes. C'est Protagon (Henri IV) qui saura terminer un différend si aigu par une paix honorable. Quant aux efforts de Philippe III d'Espagne, la République n'en a point souci[1]. Ainsi Barclay indique avec clairvoyance quelle devait être l'issue d'une crise d'où auraient pu naître de sérieuses complications.

Il est moins bon prophète quand il entreprend de résoudre à sa manière une très grave question qui, depuis de longues années, tenait l'Europe en suspens. Les Provinces-Unies, sous la conduite de Maurice de Nassau, continuaient à lutter contre l'Espagne. Mais la Belgique appelait la paix de tous ses vœux; l'Espagne était profondément découragée. En Hollande même, dans les États généraux, le parti pacifique avait la majorité. C'est le moment où Henri IV jugea opportun d'intervenir et commença (1607) les négociations qui devaient aboutir en 1609 à la trêve de douze ans entre les Provinces-Unies et l'Espagne. Nous allons voir de quelle manière, vers la fin de 1606 ou au commencement de 1607, Jean Barclay tranche dans l'*Euphormion* les difficultés que présentait le règlement d'une affaire aussi délicate et aussi complexe.

Il nous offre sa solution sous la forme d'une tragédie[2], qui

---

1. *Euphormion*, II, p. 176. « Sed et sumus ab armis alieni, et Gephyrius dolet pertinaciam suam ad necessitatem pugnandi traduci, suscepitque Protagon..... tam atrox dissidium honesta tranquillitate extinguere. Nam conatus Liphippi etiam nostri magistratus contemnunt. »

2. On peut rapprocher de cette tragédie imaginaire celle dont parle L'Estoile (*op. cit.*, t. IX, p. 34) et qui roule sur le même sujet.

« Le jeudi 20 (décembre 1607), M. du Pui m'a presté une drollerie nouvelle qui couroit, escripte à la main, intitulée : *L'Argument d'une tragæcomédie prophétique des affaires des Pays-Bas, représentée, l'année passée, en Surie, devant le Pascha de*

met en scène les chefs et les peuples en lutte, ainsi que les principaux personnages intéressés dans cette question alors très agitée du sort des Pays-Bas. Elle avait donné et devait donner encore matière à de nombreux écrits.

Pendant son séjour à Paris, Euphormion entre dans un théâtre qu'il appelle *Valerianum theatrum* et trouve la salle entièrement comble [1]. Ce n'est pas seulement le peuple qui s'y presse, mais aussi les grands. On y joue une tragédie, œuvre d'un poète illustre. Jamais pièce n'a fait fureur à ce point.

Un acteur vient exposer le sujet en un prologue dont voici le sommaire : Hippophile, jadis roi de Mélandrie, étendait son empire sur le monde, du Levant au Couchant; lui-même exerçait sa royauté au Midi, mais des nations habitant au Septentrion étaient également ses sujettes. Cependant le pays d'Icoléon, révolté par la cruauté d'Albagon qu'Hippophile lui avait donné pour maître, avait revendiqué sa liberté les armes à la main. Dès lors, cette province, aux limites si étroites, avait été inondée de plus de sang que ses fleuves n'en pouvaient contenir. Sur ces entrefaites, Hippophile était mort et avait laissé comme dot à sa fille cette guerre. Mais peu à peu, avec le temps, les passions s'étaient apaisées, comme la mer se calme après avoir été soulevée par la tempête. Tout tend, aujourd'hui, à la conclusion d'un traité solennel. Voilà ce que va faire voir cette tragi-comédie.

Quand ce prologue eut pris fin, on distribua dans la salle des programmes contenant les noms des personnages qui devaient figurer dans la pièce. C'étaient les suivants : l'ombre de Lysippus (Juste-Lipse) [2], lettré éminent qui était mort

Tripoli. Au premier acte, Lipsius vient sur l'échafaud, etc., etc. Elle est plaisante..... »

L'Estoile ne nous renseigne pas davantage sur cette pièce ; mais il est à remarquer qu'elle débute identiquement comme la tragédie de l'*Euphormion*, paru cette même année.

1. *Euph.*, II, p. 227-235.

2. M. Dukas (*op. cit.*, p. 4) dit que Jean Barclay avait passé quelque temps à Leyde auprès de Juste-Lipse, après avoir terminé ses études à l'université de Pont-à-Mousson; mais il n'apporte aucune preuve à l'appui de cette assertion. Ce qui est certain, c'est

l'année précédente en Icoléon[1]; puis les ombres d'Hippophile et d'Albagon, ainsi que les mânes d'Ægorus, dont Albagon avait fait jadis trancher la tête. Tels étaient les morts. Les noms des vivants étaient : Liphippus, fils d'Hippophilus, roi de Mélandrie ; Despotikyrius, premier ministre de Liphippus et Leñcus[2], son confesseur, ensuite Labetrus, parent par alliance de Liphippus[3], avec sa femme Pedaea, à qui son père avait laissé des droits sur Icoléon ; puis Argyrostratus, commandant en chef des armées qui faisaient la guerre en Flandre, et Charridotus, président du conseil. Du côté des Icoléontides, il y avait d'abord Nearius, chef des armées, et divers personnages au teint coloré, d'une membrure vigoureuse, qui représentaient le conseil des Provinces-Unies. En dernier lieu, Tessaranacte, roi de Scolimorrhodie, et Protagon, qui terminaient la pièce à leur profit. « Au reste, ajoute finement Barclay, tous les acteurs jouaient masqués et je n'ai rien vu qui se fît à visage découvert dans cette tragi-comédie de la paix[4]. »

On voit d'abord apparaître l'ombre exsangue de Juste-Lipse[5], le visage pâli par l'étude, enveloppé d'une robe

que Guillaume Barclay, dans une lettre à Juste-Lipse (14 avril 1597), lui annonce qu'il a l'intention de lui envoyer un jour son fils, jeune homme de grande espérance, qui brûle du désir d'entendre l'illustre érudit (Cf. *Lipsii Epistolæ selectæ*). Ce projet fut-il réalisé ? Nous l'ignorons. En tout cas, ce serait à Louvain et non à Leyde que J. Barclay aurait suivi les cours de Juste-Lipse, qui quitta cette dernière ville en 1591. A cette date, Barclay avait neuf ans.

Je n'ai pas pu davantage vérifier l'affirmation donnée dans la vie de Barclay qui est en tête de l'*Argenis* (éd. Hack de 1664) : « Ibi (i *Paris*) Cospeanum audivit arcana naturæ publice reserantem. » Si Barclay fut le disciple de Philippe Cospéan, ce dut être pendant son séjour à Paris de 1605. Élève de Juste-Lipse à Louvain, maitre ès arts et docteur de Sorbonne en 1604, Cospean fut chargé, bien jeune encore, d'un cours de philosophie au collége de Tréguier à Paris. Le succès de ses leçons le fit appeler au collége de Lisieux. Son enseignement lui attirait un nombre considérable d'étudiants. (Cf Ch. Livet, *Portraits du grand siècle*, Paris, Perrin; 1885, p. 369. *Philippe Cospeau ou Cospéan*.)

1. Hollande.

2. Le P. Cotton, que Barclay transporte aussi de France en Espagne.

3. Albert, archiduc d'Autriche, avait épousé, en 1598, l'infante Claire-Eugénie, fille de Philippe II.

4. « Cœterum omnes personati agebant nec quicquam vidi apertum in tragico-comœdia pacis. » *Euph.*, II, p. 223.

J. rends, dans cette analyse, aux personnages leurs noms véritables.

blanche dont il disposait les plis comme il enseignait que le faisaient les anciens Romains. Il rapportait que lorsque, après sa mort, il fut élevé jusqu'aux astres, il n'y avait trouvé aucun de ces Espagnols qu'il avait connus de son vivant. Il avait donc imploré du ciel la permission de descendre ici-bas pour s'entretenir avec eux. Le voici revenu à la lumière et désireux d'augmenter ses écrits sur la politique. Il veut y faire entrer la constitution républicaine que l'on élabore, dit-on, en Hollande.

Juste-Lipse parlait encore quand on voit s'avancer l'ombre misérable du duc d'Albe. La crainte des supplices lui fait dresser les cheveux sur la tête; sa barbe blanche est inculte; mais ses yeux n'ont point encore perdu leur expression farouche. Son corps est tout déchiré de coups. Attachés à ses pas, Philippe II et le comte d'Egmont le flagellent avec un impitoyable acharnement. L'un venge la perte de la Hollande, l'autre celle de sa tête. Le duc d'Albe demande grâce pour quelques instants et essaie de présenter sa défense; à Egmont il dit : Ton supplice a fait ta gloire, et puis par combien de sang versé n'a-t-il pas été expié? A Philippe II il répond qu'on ne saurait rendre un chef responsable des infidélités de la Fortune. Philippe II n'en a-t-il pas éprouvé ailleurs les caprices et en France et sur l'Océan [1] ? Mais en vain d'une voix lamentable il se justifie, ses bourreaux recommencent son supplice un instant interrompu. Ce premier acte se termine par un chœur de pêcheurs hollandais grisés de bière; ils chantent des couplets satiriques contre le roi d'Espagne.

A l'acte II paraît Ambroise Spinola, le général qui commande les troupes hispano-belges. Il se plaint au roi Philippe III de manquer d'argent; il a dépensé même sa fortune personnelle pour la solde de l'armée de l'archiduc Albert d'Autriche. Il faut que le roi le recommande à son trésorier, le duc de Lerme. Et on voyait Philippe III supplier humble-

1. Désastre de l'Armada.

ment son ministre de payer Spinola avec les revenus des
Indes. Mais le duc de Lerme opposait à cette demande une vive
résistance. Selon lui, Spinola avait acquis dans cette guerre
une gloire que ni lui, ni les marchands ses ancêtres n'auraient pu acheter au prix de toute leur fortune. Il venait
d'ailleurs d'hériter des biens de son frère. Qu'il attende que
la victoire ou un traité mette fin à cette tempête ; la Hollande
lui paiera avec les intérêts l'argent qu'il réclame. Éludons,
ajoutait-il, cette impatience de Spinola par la ruse, par cette
politique cauteleuse qui est la nôtre depuis tant de siècles.
Prodiguons-lui les espérances, faisons-lui voir le triomphe
dans sa patrie et, dans son heureuse vieillesse, un empire de
mille ans [1] (Milan). Nous lui promettrons qu'il l'emportera
sur les Doria ses rivaux [2], quitte à faire au chef de la famille
Doria d'autres promesses.

Philippe adopte l'avis du duc de Lerme. Alors se dresse
l'image des Indes, épuisée par les coups, d'une maigreur
effrayante. Elle se lamente sur sa misérable condition. Ses rois
ont été mis à mort, ses peuples livrés à la torture, sa terre a
été déchirée jusqu'en ses entrailles par l'avidité de ses maîtres.
Maintenant, ruinée, elle ne conserve plus que le vain renom de
son opulence passée.

D'un autre côté de la scène arrivaient les soldats d'Albert
d'Autriche poussant des clameurs séditieuses. Ils déclarent
qu'ils refusent de servir si on ne leur paie leur solde. En vain
Albert essaie de les exorciser à l'aide de je ne sais quel gri-
moire. L'acte finit par un chœur des soldats d'Albert qui van-
tent superbement leur force aussi bien contre leur maître que
contre les ennemis.

Le III° acte nous fait assister à un conseil secret tenu par
Philippe au sujet des Pays-Bas et auquel prennent part le duc
de Lerme, Cotton, le confesseur du roi, Albert d'Autriche et
sa femme, enfin le président Richardot. On s'amuse en en-

1. *Mille annis.* Je traduis le jeu de mots latins.
2. Les Doria étaient Génois comme les Spinola.

tendant Philippe demander à son confesseur s'il lui est permis
de conclure un traité avec un peuple d'une relig. ı autre que
la sienne.

Le Jésuite, après avoir abaissé quelque temps les yeux sur
sa robe à longues manches et contracté son front par une ré-
flexion attentive, répond que, si la pénurie du Trésor interdit
de continuer la guerre, on peut, dans ces conditions, traiter;
mais le roi devra s'engager par un vœu secret à ne tenir aucun
compte des serments prêtés à ces hommes, et profiter des pre-
mières circonstances favorables pour perdre ses ennemis. Ce
faisant, il ne commettra aucun péché.

Richardot, prenant la parole, conseille d'essayer sur les
rebelles la puissance de l'or, plus efficace que celle des armes.
Que Philippe achète les principaux chefs de cette nation de
pêcheurs. Ils abandonneront facilement Maurice de Nassau.
Celui-ci même, se voyant sans armée, consentira bien à s'entendre avec le roi. On lui donnera comme prix de sa soumis-
sion le gouvernement de quelque province. Une fois la Hollande
livrée à elle-même, les rivalités des cités entre elles éclateront
bientôt, et les Provinces, affaiblies par des luttes intestines,
deviendront une proie aisée à reconquérir[1].

Philippe approuve cet avis. On décide qu'un traité sera con-
clu avec la Hollande, sauf à le rompre dès qu'il se présentera
une occasion propice. A la fin de l'acte III, un chœur d'Espagnols déclame pompeusement d'antiques poésies sur la mort
d'un roi de Portugal.

A l'acte IV, les principaux chefs des Provinces-Unies sont
assemblés. Henri IV leur a envoyé son subside habituel qu'ils
déposent dans leur trésor. Arrivent les députés de l'archiduc
Albert qui les exhortent à traiter avec l'Espagne. Philippe
leur offre une trêve d'abord, puis bientôt la paix aux conditions les plus avantageuses. Ils seront libres et pourront se

---

1. La harangue du président Richardot, écrit l'Estoile, est « remarquable de beaucoup de particularités, qu'on dira possible quelque jour (et Dieu le destourne!) avoir
esté vraies prophéties ». (*Op. cit.*, t. IX, p. 870.)

constit..r en république. Le Conseil des Pays-Bas est assez
disposé à accepter ces ouvertures; Maurice de Nassau lui-
même semble incliner à la paix.

Chœur d'enfants de Leyde chantant le nouvel état des Pays-
Bas auquel ne sera comparable ni la ville de Romulus, ni la
cité née dans les lagunes de l'Adriatique.

Au moment où s'ouvre l'acte V, la paix est conclue. Mais
les prédictions de Richardot ne vont pas tarder à s'accomplir.
Les villes des Pays-Bas se disputent le pouvoir. Les Espagnols,
comme s'ils prenaient les armes contre Henri IV, se précipitent
et se répandent dans les Pays-Bas; les Hollandais, battus, ap-
pellent à leur secours Jacques Ier et lui ouvrent leurs villes. Ils
renoncent à la forme républicaine et reconnaissent pour souverain le roi d'Angleterre. D'un autre côté, les soldats de Henri IV
luttent victorieusement contre Albert d'Autriche. Le roi de
France s'annexe la Belgique et le roi d'Angleterre la Hollande.

Barclay fait suivre cette analyse d'un hymne à la paix en
vers iambiques, dans lequel il semble indiquer que ce *mimus
Belgicus* ne contient pas une solution pacifique certaine. En
tout cas, celle qu'il indique est des plus flatteuses pour Jacques Ier et pour Henri IV. Ni l'un ni l'autre n'élevaient leur
ambit.. jusque-là. Dans les grands desseins de l'*association
très chrétienne* que rêvait le roi de France, entrait le projet de
délivrer les XVII provinces unies « de la dure domination
d'Espagne ». Mais la république des Provinces-Unies devait
s'agrandir d'Anvers et d'une partie du Brabant. Seul, le reste
de la Belgique doit être livré aux rois de France et d'Angleterre, non pour qu'ils gardent ces domaines en personne, mais
pour qu'ils en fassent de petites principautés en faveur de seigneurs de leur cour[1].

Barclay se montre généreux à bon marché envers les deux
souverains dont il escompte toujours la protection et les libé-
ralités.

1. Cf. Ch. Pfister : *Les Économies royales de Sully et le grand dessein de Henri IV*
(Extrait de la *Revue historique*), Paris, 1896, p. 39.

J'arrête ici ces notes sur l'*Euphormion*, dont je n'ai nullement prétendu faire l'étude complète. Il me semble, cependant, que cette œuvre, envisagée des points de vue où je me suis placé, présente, malgré ses défauts, un intérêt qu'on ne soupçonne pas au premier abord. Elle est plus pleine de choses et plus vivante qu'on ne le supposerait. Ce qui nous rebute en elle, c'est un latin assez difficile et parfois même énigmatique, c'est aussi ce perpétuel travestissement à l'antique des événements et des personnages modernes. Telle est la mode de l'époque, mais Barclay l'exagère par un fastidieux étalage d'érudition. Viennent les années, son style se fera plus ferme et plus net, sa composition plus régulière, sa pensée s'élèvera jusqu'à des conceptions plus hautes. Alors, il écrira cette *Argenis*, dont il ne devait pas lui être donné de voir l'immense succès, et qui reste son principal titre littéraire.

TABLE

Nancy, imprimerie Berger-Levrault et Cie